讀小說
Reading Novel

再見，神明

さよなら神様

麻耶
雄嵩
YUTAKA MAYA

瑞昇文化

各界好評推薦

久違麻神重磅回歸！「神的解答是絕對正確的」——在當紅的特殊設定系推理興起前，「神明系列」便以此獨特設定繼《有翼之闇》、《獨眼少女》後為本格推理界帶來翻天覆地的破壞。一流傑作《再見，神明》中從玩弄後期昆恩問題到否定推理小說本質的惡趣味無與倫比，請務必注意麻耶流小說那令粉絲瘋狂的崩壞式真相，永遠都埋藏在故事刻意而為的留白之處中！

——喬齊安／台灣犯罪作家聯會成員，推理評論家

若是全知全能的神明，決定下凡來到人間，而且還當上了偵探，那會怎麼樣？或許唯二不變的，只有險惡的人心，和巧妙的犯罪詭計。

——千筆／台灣犯罪作家聯會成員，近作《魔導學教授的推理教科書》

我在閱讀過程，不時懷疑「神明」的話是否為真？究竟是刻意埋下誤導讀者的謊言，還是不容質疑的真相？但若是真相，面對如此完美的不在場證明，又要如何犯下罪行？不知不覺中，也與主要角色在懷疑與堅信神明的天平兩端不停擺盪。

——林庭毅／台灣犯罪作家聯會成員，近作《冤伸俱樂部》

當我翻開書的第一頁，眼睛就再也離不開文字了。沒想到這樣的魔力，在每一章的第一頁都持續吸引著我。相信每一位推理愛好者，都無法拒絕開場就將凶手名字公之於衆的懸念吧。況且麻神還十分大膽，在一本書中，不止一次這樣做。

——王稼駿／台灣犯罪作家聯會成員，知名中國作家

宣揚本格、顛覆本格、重構本格，大概是麻耶雄嵩出道以來不斷在做的事，並且在《再見神明》這部連作短篇集中有意識地次序呈現。延續前作《神的遊戲》的殘酷闇黑，透過孩子的敘事造成反差，在邏輯推理與實證論斷間製造縫隙，這些

設計雖然帶給讀者「可能崩壞」的不安與不快，卻也正是第一批「新本格世代」令我著迷的魅力所在。

——冬陽／推理評論人

你信神嗎？如果有自稱是神的人接連向你透露命案凶手的名字，你會相信嗎？當其神諭一一講中，你會繼續懷疑他？開始依賴他？抑或，你會開始鑽神諭的規則漏洞，執行自己的殺人計畫？在「特殊設定推理」熱潮尚未崛起之前，《再見神明》已經上演了一場「特殊設定倒敘推理」，更沿襲上作《神的遊戲》，再次添上嚇人的結局。

——Faker 冒業／科幻推理評論人及作家

你當然可以不信神諭，反正神明也不在乎你的是否相信，重點只是神諭印驗了沒？以及你有沒有接受真相的心臟承受度而已。至於你對神諭或神明的各種挑戰，神都不會放在心上——反正你也不會贏。

這故事簡直把讀者給嚇壞了。所有大家對少年偵探夢想的青春憧憬不但盡數顛覆，且每個故事回馬一槍總讓人心口猛突不已；特別是這要命的簡潔文字，以及疊嶂迴轉之際，毫無拖泥帶水的筆鋒，更逼得人非得陷入作者巧心安排的收尾中，讀得酣暢淋漓，讀得膽戰心驚，最後才在一陣又一陣可怕的迷霧中，隨著主角反覆煎熬，並終於體悟：案子好破，人心難測。

難怪連神明都要轉學，但我們很期待再遇到下一個想挑戰祂的偵探。

——東燁／知名小說家，近作《文榆街的遺願相談所》

《再見神明》充滿各種激怒讀者的殘忍與惡意，但在看清故事特質之後，整個推理過程瞬間變得有趣。即使有了答案，通往答案的方式多半看不清是合理或是荒謬，但讀到最後，鐵定想再看一遍。推理不盡然必須是某種形式，麻耶雄嵩讓小說的樣貌變得更有意思。而且，結局某程度上還滿浪漫的，為達目的，凶手真的一定得是凶手嗎？

——槑／文字工作者

CONTETS
目次

少年偵探團與神明——009

推翻不在場證明——063

從水庫繞遠路——111

從前從前的情人節——157

與比土對決——213

再見，神明——271

麻神回來了！以「後期昆恩問題」拓荒推理文類未知疆域的本格破壞者——讀《再見神明》 文／喬齊安——326

少年偵探團與神明

1

「兇手是上林護。」

神明在我——桑町淳面前如是說。

樓梯口前的走廊上沒有其他人，靜得連一根針掉地上都聽得見。大家都為了下個月的運動會，七早八早就聚集在操場上練習。身兼體育股長，人稱「神明」的鈴木太郎和我因為要準備，比大家晚一步離開校舍。我趕緊抓住這個千載難逢的機會問他，得到以上的答案。

「上林護是誰？」

得知美旗老師不是兇手，我鬆了一口氣的同時也對初次聽到的陌生姓名抱持著好奇心。沒想到鈴木一臉詫異地歪著脖子說：

「是你也認識的人啊，就是跟我們同班的上林同學的父親。」

「真的假的！上林叔叔是兇手？」

我當然認識上林泰二的父親。我不知道上林爸爸叫什麼名字，但我去上林家玩的時候跟他說過好幾次話，少年棒球隊比賽及兒童會有活動時他也來幫過忙，語氣不是很和善，但是很可靠，也很會照顧人。我爸是那種永遠無法擺脫老婆（我媽）外遇跟別人跑掉的過去，為此耿耿於懷、落落寡歡的人，所以我一直很羨慕上林。

「我沒騙你喔，他在一週前殺了青山老師。再說了，你就是認為我不會撒謊，才來問我的吧？」

他蹲在鞋櫃前的架高木地板上，邊換運動鞋邊強調這點，語氣十分認真，聽起來實在不像開玩笑。

「怎麼可能，上林的父親為什麼要殺死青山老師？」

「這個就要你自己想了，你是少年偵探團的團員吧。」

鈴木慢吞吞地站起來，朝我露出爽朗的笑容，背過身，走出樓梯口。

「喂！」

我忍不住想叫住他，但他頭也不回地走向班上同學集合的操場。

吊什麼胃口嘛……我不滿地咂舌。

鈴木好像是「神明」。至少他本人是這麼說的。我不相信神明跟我念同一所小學，但是很多跟我一樣五年級的學生都相信鈴木就是神明，真令人驚訝。

只不過，鈴木的確有某種超能力，類似千里眼的能力。所以當我問到一個不曉得是不是開玩笑的答案時，內心十分惶恐。

鈴木是在進入下學期的同時從神降市搬來這裡，個子很高、人長得很帥、頭腦也很聰明、還很擅長運動，想也知道非常有女人緣，每次下課總是被一大堆女生包圍。加上性格不錯，對誰都很友善，人緣也很好。還很樂意告訴大家考試可能會考哪些地方，所以男生即使嫉妒他，也不會表現出來。感覺就連時下那種假到不行的漫畫都不會出現這麼完美的人了。

然而，再怎麼完美，人類就是人類，不會變成神。

既然如此，鈴木為何自稱為神呢？

他剛轉來的時候發生了班花——新堂小夜子的直笛被偷事件，鈴木一下子就指出小偷是誰。

意外的是小偷居然是春天已經轉學到隔壁鎮的傢伙。鈴木或許有機會看到偷東西的案發現場，如果是同一所學校就算了，只是從時間上來看，他沒理由知道對方的長相和姓名。所以我們儘管覺得不太可能，但是在朋友的逼問下，那傢伙沒兩下就承認是自己偷了直笛。

你怎麼會知道？所有人皆以讚賞的眼神看著鈴木。

「因為我是神明。」

鈴木將營養午餐的牛奶放在桌上，臉不紅、氣不喘地說。

都說只要是人就有缺點，這小子也不例外嗎——起初我是這麼想的，以為鈴木是個少根筋的傢伙，天才往往都是這種人，直笛失竊案大概只是他瞎貓碰上死老鼠剛好矇對了。

然而，相隔一週後的遠足途中，又發生了有輛大卡車衝進學生路隊的事件。據說是司機邊開車邊打瞌睡。隔天的地方報皆以「險些釀成大禍」的標題詳細地報導了這件事。

是鈴木讓這樁「大禍」防範於未然。

當我們排成兩列縱隊，走在車道旁邊，鈴木突然回頭，張開雙臂，擋在我們前面。

「怎麼了？」

有人停下腳步，問他。

「別急，很快就知道了。」

鈴木不讓我們前進，不置可否地笑著回答。

「什麼事？怎麼了？」

因為鈴木害隊伍停滯不前，後面的人也開始議論紛紛。前面的人則對後面的騷動渾然未覺，繼續往前走。

說時遲那時快，有輛大卡車跨過中線，撞進被鈴木拉出距離的隊伍之間。卡車直接衝出路肩，與打滑的輪胎一起掉到堤防下方的稻田裡。卡車撞上地面的衝擊大到連我們踩在地上的腳底都能感受到。

一切都發生在一瞬間。要是鈴木沒有阻止隊伍前進，一定會有好幾個人被車撞死……

「你們知道什麼是全知全能嗎？」

這是……鈴木若無其事地對因為腿軟而跌坐在馬路上的我們說的話。

後來好不容易發現事態嚴重的老師們慌張地衝過來，引起一陣大騷動。

因為這件事，包括我在內，原本對鈴木的能力半信半疑的人也不得不相信，鈴木即便不是神明，肯定也有什麼特別的能力。學校像是被捅了馬蜂窩，忙著送昏迷的兒童去醫院，還得一邊應付警方的追問，但我們眼中只剩下鈴木宛如神明降世的模樣。

從此以後，不只班上同學，所有五年級生都稱鈴木為「神明」。

鈴木顯然不排斥這個稱呼。這不是廢話嗎？畢竟是他自己先稱自己為神明的。

更何況，既不是直呼其名，也不是喊他「鈴木同學」，而是尊稱他為「鈴木大人」，是人都不會討厭這種稱謂吧。

只不過，大家的期待是一回事，鈴木在那之後就不太愛施展自己的能力了。

「神明插手的話，事情會變得很無趣吧。」

鈴木說這個世界是他一手創造的。當初創造這個世界時刻意保留了某種程度讓世人自由發揮的空間，倘若擅加干涉，豈不是有違自己的初衷，等於沒有創造的意義了。他把這句話掛在嘴邊，不容人反駁。至於為何要解開直笛被偷之謎與阻止卡車衝撞學生則是因為「放著不管的話，班上的氣氛會變得愁雲慘霧，我不喜歡那樣」。

還有，無論現實世界的物理距離有多遠，無論置身何處，人類——不只——宇宙萬物請求神明的聲音都會平等地傳到鈴木的耳朵裡。

好比有個兄長死於車禍的人曾經以蒼白無助的表情祈求神明讓哥哥活過來，但鈴木以「如果所有人都死而復生，地球人口會爆炸，所以必須公平地對待生死」為由，毫不留情地拒絕。

他冷漠的態度與平常溫和厚道的鈴木判若兩人。假如亞洲或非洲的窮人都變得有錢且長壽，沒有資源的日本人將會過得比現在貧瘠很多，這樣也沒關係嗎？人的生死就是這麼重要的課題喔。

他說的話就像最近剛在這一帶成立分部的新興宗教傳教士，聽起來一點也不誠懇。但我既然親眼見識過那小子的千里眼，就無法一口咬定他是在胡說八道。即使沒有讓死人復活的能力，他應該也具有看穿真相的眼力。

直覺告訴我，鈴木之所以扯一大堆藉口也不願意發揮能力，是因為害怕風聲傳開，會讓政府的祕密組織或恐怖份子利用他的超能力。也是為了避免自己的能力在違反自主意志的情況下遭到利用，或是變成人體實驗的白老鼠。

我起初很嫉妒鈴木，也痛恨起心胸狹窄嫉妒他的自己。

無論鈴木的成績再怎麼優秀、再怎麼受到老師的誇獎、再怎麼帥、再怎麼受女生歡迎，都不關我的事。我就是我。但我只是平凡的人類，而他具有凡夫俗子沒有的能力。

我問過他在以前的學校受到什麼樣的待遇，大概也有像我這種疑心病重，不願意全盤接受的傢伙。他說在以前的學校，只有一個人知道他是神明的事。

於是我問他為何要在這裡公開自己的身分。

「因為都一樣很無聊啊。你看起來很愛吃壽司，但如果一天三餐都吃壽司，很快就膩了吧。人類無法輕易改變，所以不會說變就變，但我可以隨心所欲地愛怎麼變就怎麼變，所以隨時都能改變生活方式喔。反正我本來就是來打發時間的，因為神明基本上沒什麼事可以做，無聊得要命。」

據他所說，不只小學生，他也當過老人、高中女生乃至於粉領族。光是想像鈴木扮成女生的樣子就覺得快吐了，但他說他可以變成這所學校的班花們加起來都比不上的大美人。

我曾居心不良地想過，要是把這件事告訴圍繞著他打轉的女生，可能會引起她們的反感，可是誰也不會相信就算了，還會把我當成騙子，所以馬上就放棄了。

「既然你無所不能，為什麼要在這種鄉下小地方以人類的方式生活呢？」

「因為你無法超越空間，才會覺得這裡的生活不方便，但我完全不受時空的限制。這個世界上最不方便的就是全知全能。正因為不自由，人類才能勇往直前，再也沒有比全知全能更無聊的事了。」

他一直強調「無聊」，可是看起來一點也不無聊。每天在女生的圍繞吹捧下，根本是樂在其中好嗎。

「是神明創造出我們人類吧。」

「對呀。不只人類，全世界皆由神明創造喔。有些宗教號稱創物主花了六天創造出這個世界，其實只要一瞬間，根本不用那麼久。話說回來，時間只不過是一種概念，與我無關。」

「既然如此，你為什麼會出現在這裡？再說了，全知全能的神明有『無聊』這種情緒嗎？」

「無法理解嗎？舉個例子好了，假設你在原野上看到剛離巢的螞蟻，起了惡作劇的心理，抓起那隻螞蟻。這個動作對你而言只是一時的心血來潮，但是看在螞蟻眼中，想必完全無法理解怎麼才一離開巢穴，就被比自己大好幾百倍的巨人拎起來吧。」

「你的意思是說，人類無法揣測神明的行為或心思嗎。」

「沒錯。」鈴木點頭，臉上還掛著帥氣的笑容，真可恨。「我用『無聊』來形容只是為了讓人類更容易理解。人無法在空中飛翔，也無法自由自在地變身，亦即受到許許多多的限制。在這樣的前提下，認為自己擁有所有的情緒，簡直是大錯特錯。人類還不知道的情緒其實多著去了。」

鈴木大概是想表達自己懷著人類還不知道的情緒出現在我們面前，但是在我看來，只覺得這是一個「別再追問下去了！」的訊號。

我也沒打算繼續陪神明扯一堆自我防衛的戲言。這種活像要等對方露出馬腳的心態不符合我的作風。

不管他是神明，還是超能力者，靠近擁有高於人類之力的傢伙只會讓人覺得自己很悲慘。所以在那之後，我便與「神明」保持距離。

既然如此，我卻趁周圍沒有其他人的時候問神明兇手是誰肯定有我的苦衷。因為我們班的美旗老師成了殺人嫌犯。

美旗老師還很年輕，才二十五歲左右，今年開始帶我們這一班，是個認真又和善的老師。

聽說他學生時代在東京的體育大學學過柔道，將近兩公尺的大個頭，屬於重量級的段位。距離再遠，也能一眼認出他每天騎著淑女車，聲響大作地以幾乎要把車子踩壞的氣勢來學校上課的身影。雖說是重量級，倒也不是相撲力士那種鮟鱇魚般的壯碩體型，而是雪男型[1]的壯漢，因此也有人私下喊他「yeti」[2]。但我沒這麼叫過就是了。

警察懷疑美旗老師是一週前發生的命案嫌犯⋯⋯。帶來這個情報的是以消息

---

1 傳說中生活在雪山裡既不是人也不是獸的未確認生物。

2 雪男的其中一個英文名稱。

靈通聞名的丸山一平。他母親是PTA[3]的幹部，所以那傢伙能比其他人早一步得到這方面的消息，同時也是傳播消息的源頭。

據丸山所說，命案的被害人姓青山，是今年剛到隔壁的霞丘小學任教的體育老師。聽說青山與美旗老師是同一所高中、大學的柔道社員。不只體型差不多，年齡也相仿，實力似乎在伯仲之間，有時是美旗老師代表社團出賽，有時候則由青山雀屏中選。由於沒有明確的實力差距，不知不覺兩人各擁山頭，形成兩派人馬，當事人的關係自然也變得水火不容。

美旗老師因為受傷，大學畢業後馬上當老師；青山畢業後還繼續練了一陣子柔道，直到長江後浪推前浪，不得不放棄柔道，轉任教職。兩人原本就是同鄉，在吾祇市這種小地方，運氣不好就難免狹路相逢。

更不湊巧的是，案發一個月前，有人在命案現場附近目擊到兩人發生口角的畫面。

案發現場是沒什麼人煙的一條直路，東西橫貫兩所小學校區交界的森林，是美旗老師與青山放學回家的必經之路，只是美旗老師由西往東、青山由東往西。平常各自經過這條路的時間不同（青山比美旗老師早一個小時左右），那天青山剛好留下來加班，晚了點回家，結果剛好碰上了。丸山也不清楚他們爭執的原因，但是根據目擊者所說，兩人互相抓住對方的領子，如果不是自己上前阻止，可能會打起來。

一個月後，也是放學回家途中的美旗老師發現青山倒在路上的屍體。

*

兇手真的是上林的父親嗎……。

傍晚，我站在案發現場，陷入沉思。

快六點了，太陽已經下山。兩側長滿雜木林，每隔二十公尺就有一盞老舊的路燈，在沒幾個人經過的路上灑落昏暗的光線。

其中只有前後兩盞路燈發出亮如白晝的全新光芒。大概只是偶然，而不是因為發生了命案才換上新的路燈。只不過看起來就像取代了被奪走的生命。

這時，樹林中突然發出聲響，我下意識往後彈開。視野角落瞥見一隻狸子倏

3 Parent-Teacher Association，由家長與學校的教職員組成的團體。

地穿過馬路。

「嚇死我了。」

我朝狸子消失不見的漆黑雜木林深處自言自語。

這條平坦的直路是沒有中央分隔線的單線道，也是我們口中的「幽靈路」，原因非常單純，顧名思義是因為有人在這條路上看到幽靈。久遠小學有幾個腦洞比較大的女生都說她們看到了。但是我身為現實主義者，完全不相信幽靈的存在。

幽靈的真實身分眾說紛紜，有人說是二十年前死於車禍的少女，也有人說是在建這條路時，直到最後仍拒絕搬遷，結果被建設公司弄死的老婆婆。其中還有胡鬧的說法，像是計算吾衹名產硬煎餅的數量，喟嘆「少了一片」的女鬼。無論如何，在這個網路時代，光是真實身分就有這麼多說法，可見沒發生過什麼重大的事件。

一進入幽靈路，就看不見房子了，只剩下路燈。兩側在雜木林的遮掩下，連遠處的路燈都看不見，車流量也很低，讓人不禁突然膽怯起來，所以才會產生幽靈的謠言。或許剛才的狸子也做出了一點貢獻。

從今以後，傳說中的幽靈肯定會從女人變成壯漢吧。

青山死於一週前同樣是六點左右。那天從早就下著雨，到了晚上，雨勢不僅沒有減弱，反而還增強了。

美旗老師跟往常一樣在放學回家途中發現青山倒在這邊。當時青山的腳踏車倒在地上，傘也掉在一旁。青山的背後都是血，被美旗老師抱起來的時候已經斷了氣。然而，即便下著傾盆大雨，青山的身體還是暖的，所以似乎才被害沒多久。跟上次吵架時一樣，青山這天也因為加班，晚了一個小時才離開學校。

根據警方的調查，青山是在放學途中，騎在腳踏車上被人從背後偷襲，背上被菜刀捅了好幾刀，沒有抵抗的痕跡。雖說已經退役了，青山也是練過柔道的人，即便如此他還是輕易遇害，都是因為下雨，蓋過兇手靠近的腳步聲，還害他踩腳踏車的速度變慢。

據丸山所說，青山下班的時間不太一定，因此警方認為應該不是計畫犯案，而是一時衝動或隨機殺人的無差別攻擊。

順帶一提，用來行兇的菜刀在量販店就能買到，但不是新的，而是用過的舊菜刀，上頭沒採集到指紋，可能是被兇手擦掉了。

得知美旗老師受到懷疑之前，我對這起命案原本毫無興趣。畢竟我又不認識隔壁小學的老師，頂多只有案發隔天開朝會的時候，校長在台上沒完沒了地叮嚀我們放學時絕對不要落單，讓人覺得有點囉嗦。

但是美旗老師對我有恩，所以我向丸山打聽詳情，猶豫了半天，最後還是問神明……沒想到得到的答案居然是上林的父親，早知道就不問了。我和上林雖然稱不上死黨，但也是老朋友。

腳下還殘留著淡淡的血跡。大概是滲進老舊的柏油路，洗不掉了。用白線畫的人形和禁止進入的膠帶等辦案的痕跡已經撤除。就算車流量不大，也是一般人使用的道路，所以總不能封鎖一整個禮拜吧。

我留意腳步，小心不要踩到血跡，回想自己為什麼要來這裡。

想相信鈴木說的話嗎？還是不想相信呢？

微涼的風撫過我的脖子時，有盞微弱的燈光從前方朝我逼近。好像是腳踏車。小孩在入夜的命案現場徘徊傳出去不好聽，所以正當我低下頭想假裝不存在時——

「你在這裡做什麼？」

伴隨著剎車的金屬聲響，對方問我。我一抬頭，新堂小夜子一隻腳踩在地上，停下了腳踏車。

「已經這麼晚了還在這種地方，該不會因為你是少年偵探團的成員，所以在模仿偵探辦案吧？」

小夜子用幾乎可以去唱歌劇的甜美女高音問我。

我很怕小夜子。我們住在附近，從小就認識。或許也是因為這樣，她對我的態度異常親暱。明明我們一樣大，她卻因為比我高幾公分就擺出一副大姐大的派頭，這點也令我很不服氣。或許她自以為是我姊，但是看在我眼中，活像是囉哩叭嗦的小姑。

「才不是，妳走開啦。還有，我們是久遠小學偵探團。」

我揮了揮右手想驅趕她，忍不住糾正她的錯誤。因為我實在很不能接受少年偵探團這種幼稚的名稱。

小夜子才不在乎我的心情，她放下腳踏車的中柱走向我，那雙大眼睛宛如倒扣的碗，閃爍著促狹的光芒。

「被殺的青山老師和你一點關係也沒有吧，還是你們其實認識？」

小夜子的瀏海用髮夾夾起來，露出寬闊的額頭，看起來很柔軟的黑髮在後腦紮成馬尾，每次她一臉好奇地問我時，馬尾都在我的視野內甩來甩去。

「才怪，我不認識他。」

我恨透了乖乖回答的自己，簡直懷疑她那甩來甩去的馬尾還有催眠的效果。

不過，小夜子似乎還不知道美旗老師受到懷疑的事。

但是鬆了一口氣也只有須臾之間，小夜子像隻小貓似地瞇著眼說：

「今天白天，你和鈴木同學說過話吧，難不成你問了神明兇手是誰？」

直覺敏銳的女生真討人厭。

「被我猜中啦？你不是說神明什麼的都是騙人的嗎，原來你相信他啊。」

小夜子有點瞧不起人地冷哼著說。她長得很漂亮，打扮得也很漂亮，所以被班上同學吹捧成班花，但只要脫下偽裝，就是這副德性，真希望能有更多人看到她的真面目。班花終於脫了！肯定會成為很勁爆的話題。

「什麼嘛，人家都幫妳找到偷直笛的小偷了，妳還不相信啊。」

「這不是廢話嗎。說芬蘭有聖誕老人還比較有說服力。」

這麼說來我才發現，小夜子確實不曾圍著神明打轉。大概是因為遠足那天她感冒請假，沒有直接目擊到卡車的意外吧。

「可是好奇怪啊，雖說人走投無路的時候會求神拜佛，但是你有到需要求神拜佛的地步嗎？」

小夜子凝視著我的雙眼，從底下往我的臉靠近。甜甜的味道掠過我的鼻腔，她噴了香水嗎？

我避開她的視線。

「關妳什麼事，我只是有點好奇。」

「有點好奇嗎……所以呢，神明告訴你兇手是誰了？」

「……沒有，他沒告訴我。」

我不假思索地撒謊。連我都覺得自己的反應真是太快了，怎能告訴她神明說上林的父親是兇手呢。

「那個神明還是一樣愛賣關子呢。」

「這也不能怪他。如果有事就問神明，只會變成沒用的人。」

「瞧你說得很懂似的，明明你才是那個問神明的人。」

小夜子露出潔白的虎牙，笑著調侃我。

「可是真的好奇怪呀，既然如此，你應該沒必要來這裡。……神明其實告訴你兇手的名字了吧。」

「我都說沒有了。不說我了，妳來這裡做什麼？小心碰上隨機殺人魔喔。」

「那還真是彼此彼此。我剛從補習班要回家。」

我望向腳踏車，她的包包放在前面的籃子裡。以粉紅色為基調的配色充滿女人味。

「前天是我媽開車送我，但她不小心閃到腰，所以我今天只好自己去上課。如果你覺得危險，要不要送我一程？你也騎腳踏車吧。」

「我還有事要做。」

我正要拒絕時，耳邊傳來鉸鏈嘰嘎嘰嘎的聲音，有輛腳踏車逐漸靠近我們。

「你們兩個，在這種地方做什麼？」

宏亮的聲音很耳熟。是美旗老師。

「隨機殺人魔可能還在這一帶徘徊，太危險了。」

美旗老師挑起濃眉，瞪著我們。有些老師罵人時會有點不分青紅皂白地胡亂掃射，但美旗老師的眼神及語氣很真摰，可以清楚感受到他是真心為學生著想。我也被他拯救過。

「我們正要回家了。」

小夜子露出討人喜歡的笑容。我在一旁無言以對地低著頭。

「真是的。已經這麼晚了，我送你們回家吧。」

美旗老師將腳踏車轉向，催我們也跨上腳踏車。有如木頭的大手從背後推了我一把。碩大的掌心令我感到放心的同時，又覺得有點屈辱，本來應該由我送小夜子回家，結果自己也被老師打包一起護送。

「老師……發生了那種事，老師不換條路走嗎？」

默默無語地並肩騎了一段路，靠近幽靈路的出口時，我鼓起勇氣問他。

「嗯，我嗎？」美旗老師在昏暗的路燈下對我們說。「因為這條路最平又離我家最近。青山老師的事確實很遺憾，要是隨機殺人魔敢再出現，我一定要為他報仇。」

搞不懂老師是遲鈍還是熱血。

「可是，這裡以出現幽靈著名喔。老師每天都會經過這裡，有看到過幽靈嗎？」

小夜子問了沒必要問的問題。

「幽靈？沒有喔。而且我又沒有做壞事。只有心裡有鬼的人才會看到幽靈或妖怪不是嗎……還有，你們可不要說什麼看到了青山老師的幽靈喔。要是聽到這種謠言，他的家人會傷心。因為人死了無法成佛，無法前往極樂世界才會變成幽靈。」

嚴肅的眼神與柔和的語氣形成對比，我稍微放下心中的大石。

2

第二天一早，我抓住剛到校的鈴木，把他拉到逃生梯的樓梯口。

「怎麼啦？」

也不曉得他知不知道我找他的理由，總之鈴木聽話地跟了過來。逃生梯蓋在校舍外面，所以樓梯間聽不見走廊的喧鬧，反之亦然。

「我忘了很重要的一點。昨天的事，你向誰說過嗎？」

「昨天的事？哦，你是指殺死青山老師的兇手嗎。」

「沒錯。你沒告訴其他人兇手的名字吧。」

萬一上林爸爸是兇手的事傳開，事情就不妙了。即使老師們不相信，對神明深信不疑的班上同學一定會對他說的話照單全收，這麼一來上林肯定如坐針氈。

「我沒說啊，而且也沒有人問我。」

我鬆了一口氣，同時不安也在心裡悄悄萌芽。

「你的意思是說，如果有人問你，你就會說嗎？別這樣，別告訴任何人。」

「你是在命令我嗎。」

說是這麼說，但鈴木臉上並無怒氣，表情依舊波瀾不興。

「放心吧，我不會告訴任何人，因為是你我才說的。」

「這樣啊……謝啦。可是我總覺得哪裡不太對勁。」

「哈哈，我沒有騙你喔。」鈴木快活地回答。「告訴那些我說什麼就信什麼的人有什麼意思，就像在沒有打者的球場上投球一樣。但如果是你，一定能自己找到答案，好歹你也是偵探團的一員。」

高高在上的態度令人火大，但是看樣子這位神明似乎很看得起我和久遠小學偵探團。

「……你知道我們能找到答案嗎？」

「不好說。畢竟我只知道我想知道的事。」

他的回答充滿禪意。我目瞪口呆地移開視線。

與此同時，剛進校門的市部和我對上眼。

市部始是我從幼稚園就認識的兒時玩伴，也是久遠小學偵探團的團長。他的成績很好，頭腦也很靈光，運動細胞尚可，還有領導能力，因此目前擔任兒童會[4]的會議記錄。據說上次由五年級的學生出任兒童會的幹部已經是三年前的事了。

只不過，就算說得再好聽，他的長相也跟帥氣沾不到邊，因此風頭完全被剛轉來的「完美先生」搶走了。儘管如此，他依然深受男生的信賴。

今年春天，市部突然說要成立偵探團。他原本就是愛看推理小說的推理迷，

4 在老師適度的指導下，由小學生組成的自治團體。

動不動就得意洋洋地賣弄「你知道嗎，夏洛克．福爾摩斯還有個名叫邁克羅夫特，比他更聰明的哥哥喔」，或「你知道嗎，德安卓和帕帕佐奧盧曾經是夫妻喔」這種雞毛蒜皮的知識。為了給兒時玩伴面子，我會禮貌性地附和，所以他好像誤以為我也是推理迷，用「該從祕密基地畢業了，從今以後偵探團比較適合我們！」這種莫名其妙的口號來邀請我加入。話說回來，我根本不記得我們去過什麼祕密基地。

都已經五年級了，再組少年偵探團也太可笑，但是拗不過他的熱情，剛好那時候我開始被班上同學孤立，所以我開出必須從組織名稱裡拿掉「少年」二字的條件加入。他第一個就找我的事也讓我有點高興。

後來在市部的積極號召下，轉眼就找到三名同志。一週後，由五名五年級生組成的久遠小學偵探團正式誕生。

但久遠小學偵探團既沒有老師當顧問，也沒有像明智小五郎那麼優秀的指導者，所以截至目前最輝煌的活動成果只是逮住偷可樂的小偷……。

「來了……」

放學後，我唉聲嘆氣地在兒童會室的門口走來走去。被麻煩的傢伙看到了，一定會問我今天早上的事吧。

只要兒童會不開會的時候，兒童會室就成了久遠小學偵探團的總部。雖說是利用空檔的時間，位居兒童會最底層的市部也沒有擅自使用兒童會室的權限，是因為我們抓到的可樂小偷好死不死剛好是去ＰＴＡ會長認識的人店裡行竊，再加上敝校的校風特別強調社會體驗學習，所以同意借我們使用。想也知道這是建立在老師及兒童會對市部信賴有加的前提下。

我推開門，三位團員已經在室內了，分別是市部及丸山一平、比土優子。即使是吾祇市這種鄉下地方，放學後要補習的傢伙還是很多，所以很難全員到齊。嚴重的時候只有我和市部。我爸不會要求我讀書，而市部不用補習也能取得名列前茅的成績。

我對上林不在的事感到如釋重負的同時，也不禁煩躁地咂嘴，要是另外兩個人也沒來就好了。

丸山個子矮小，講話總是不經大腦。我們不曾同班過，所以在偵探團成立前幾乎沒有說過話，但市部一、二年級都跟他同班。丸山的父親是市議員，母親是ＰＴＡ的幹部，三不五時就擺出一副資產階級的樣子，很喜歡嚼舌根，但不會惡意說謊，所以還不算太討人厭。另外，丸山喜歡推理小說的程度與市部不相上下，是作家仁木悅子的書迷。

隔著市部坐在丸山對面的比土優子與市部住在同一個社區，自稱「市部未來的女朋友」。至於為什麼是「未來」而不是現在，據說是因為她要求市部必須先整形成帥哥。話雖如此，市部對此並不熱衷，所以可能只是比土的一廂情願。

我無法理解這種感覺。

還有一件事我無法理解，那就是比土乃是所謂的通靈少女。她也是聲稱在幽靈路看到老婆婆鬼魂的其中一人。她有張白皙的醬油臉[5]加上齊眉瀏海，看起來跟日本娃娃沒兩樣，另一方面，她身上穿著以黑色為基調，帶著荷葉邊的歌德蘿莉風絲質襯衫和裙子，積極呈現出電波少女的風格。

我問過通靈少女，鈴木真的是神明嗎？她回答我「我在鈴木同學身上看不到守護靈，所以他可能真的是神明」。或許是因為鈴木同學居高臨下地踢翻自己的聖域（通靈什麼的根本比不上全知全能的神明），比土刻意與他保持距離。

「你遲到了。」

不同於以往，市部板著一張臉迎接我，他馬上問我今天早上的事。真不愧是推理迷，推理功力一流。

「你問了神明命案的事吧。」

「嗯。」

「所以呢，神明告訴你了嗎？」

「……沒有。」

千不該、萬不該，不該遲疑那一秒。市部即刻斷言：「少騙人了。」

「對啦，我騙了你。他告訴我了。」

騙不過好朋友，我老實告訴他。

相較於市部臉上露出「我就知道」的表情，丸山大吃一驚地探出身子，佩服的點居然落在「原來如此……原來還有問神明這招啊」這種奇怪的地方。

相較之下，比土的表情絲毫未變，她握住置於膝上的纖細手指。

「你也會求神拜佛啊。」

跟小夜子說了一樣的話。

「然後呢，兇手是誰？難道是美旗老師……」

大家都知道美旗老師受到懷疑，畢竟風聲就是從偵探團傳出去的。

「不是美旗老師。」

兒童會室瀰漫著一股鬆了口氣的氛圍。

5 用來形容五官清秀，小臉、薄唇，給人清爽印象的長相。

「那兇手是誰？難不成是霞丘國小的學生。」

兇手是小學生——市部不愧是推理迷，做出了異想天開的推理，但神明比他棋高一籌。

「抱歉，我現在還不想說。」

我低垂視線猛搖頭。

「為什麼不想說？……難不成是我們也認識的人。」

市部坐不住了。我一邊努力維持著撲克臉，說：

「這我也不能說。我還沒有想清楚。下次一定告訴你們。」

我一向言出必行，這點市部也明白，所以他雖然有些不滿，但也通情達理地不再追問，「我知道了。」

但丸山可就沒這麼好說話了。

「居然吊我們胃口，豈不是跟神明一樣嗎。……算了，我自己去問神明。」

「隨便你。」

我沒好氣地說，反正鈴木不會告訴丸山，直覺讓我如此深信。或許只是不想跟丸山被當成同道中人的自以為是讓我產生這種錯覺。

看在超能力者眼中，我跟丸山都只是凡夫俗子。

＊

下次集合是禮拜一。雖然又拖了三天，但什麼問題也沒解決。而這也是早已預見的結果。

週日午後，整片天空都是卷積雲。我走到上林家門口。想當然我什麼也沒告訴上林。

上林家在離我家騎腳踏車只要十分鐘的台地上，透天厝的四周圍繞著樹籬，這一帶是新開發的住宅區，所以有很多設計得大同小異的房子。

從樹籬的縫隙往裡看，上林爸爸正坐在簷廊，穿著薄襯衫和牛仔褲，打扮得十分休閒。他的臉有點紅，大概是喝醉了，旁邊放著已經開封的酒瓶和玻璃杯。

我想起上林抱怨過，他爸上班的工廠停工兩個月，所以上林爸爸這個月整天都待在家裡。他經常啥事也沒做，大白天就開始喝酒。上林放學回家的時候，爸爸已經滿身酒臭味。

我觀察了一會兒，上林從屋裡走出來。

「爸爸，宅配送來的東西好重喔，來幫忙搬。」

「什麼嘛，你跟媽媽兩個人還搞不定嗎。」

「倒也不是搞不定，可是爸爸最近都只是在家裡滾來滾去不是嗎。既然如此就來幫點忙嘛。」

「我才沒有滾來滾去，是在為下個月韜光養晦。……好啦，我知道了。別用那種眼神看我嘛，我去幫忙就是了。」

上林爸爸一臉拿你沒辦法地聳聳肩，進屋去了。彷彿從家庭連續劇搬出和樂融融的光景，怎麼看都不像是殺過人的人。

我收回撥開樹籬的手，轉身背對上林家。儘管不覺得羨慕，仍不免覺得上林其實很幸福。

如果鈴木說的沒錯，這幕和樂融融的光景遲早會劃下句點。雖說天底下沒有不散的筵席，但凡事應該都有恰當的時期。

從台地回家的途中經過小公園，我坐在鞦韆上，耳邊傳來小夜子的聲音。

「你在做什麼？」

小夜子把腳踏車停在入口，朝我走來。

「妳今天也要補習啊。」

「不用，今天是去買東西。」

如她所說，環保袋露出一截白蘿蔔和大蔥。

「我媽閃到腰還沒好，我哥只顧著社團活動，完全不做家事。」

小夜子的哥哥是國中生，加入了籃球社，跟我只差三歲，但是有一百七十五公分，個子高得令我羨慕。

「這座公園與命案有關嗎？」

「沒有。我不是在調查，只是有點感傷。」

「少騙人了。」

小夜子一臉什麼都知道的表情，在我旁邊的鞦韆坐下。耳邊迴盪著鞦韆鐵鏈嘰嘰嘎嘎的噪音。她似乎打算賴著不走。

我心想既然如此，正要站起來時——

「我猜猜看吧。你從神明那裡得知兇手的名字，所以一個人為此傷透腦筋。我猜得對嗎？」

答案大概都寫在我臉上了。小夜子忍俊不禁地咯咯笑。

「我沒有傷腦筋。」

我逞強地說，但顯然說服不了小夜子。

「真不老實啊。……不過也真不可思議，你怎麼會這麼相信神明呢。這次跟直笛的情況完全不一樣。」

「我沒覺得鈴木是神明。不過，我認為那傢伙確實有某種超能力。」

「你簡直是鈴木同學的代言人呢。但也確實無法完全否定他的能力就是了。」

「我也不是百分之百相信，所以才傷腦筋。」

真希望他騙我。正因為懷抱著希望，我才會產生迷惘，才會去命案現場，才會去上林家偷看。

「總而言之，那傢伙具有普通人沒有的能力。我和妳都沒有的能力。」

「我說你呀。」

小夜子以烏溜溜的眼眸看著我，深深地嘆了一口氣。

「你對沒有的東西太執著了。每次都這樣。就像前不久還是夏天，但現在明明已經是秋天了，你卻始終停留在冬天一樣。你以前明明乖巧到令人擔心的地步。」

「聽不懂妳在說什麼。」

我猛然搖頭，站了起來。再繼續跟她聊下去，只會揭開舊傷口。

然而，小夜子彷彿要阻止我似的一把抓住我的手。

「再去現場一次不就好了嗎。重新用自己的大腦思考的話，至少能減少一些迷惑吧。」

小夜子拉著我的手，硬把我拖到停腳踏車的地方。小夜子的力氣好大，真不知道她哪來這麼大的力氣。也不知道為什麼，我竟然無法拒絕。

幽靈路依舊看不見人或車的影子，安靜得不得了。明明離市區只有幾分鐘，卻讓人陷入彷彿闖進深山裡的錯覺。不過與上次不同，今天太陽還高高地掛在空中，所以並沒有感到毛骨悚然的寂寥。

「瞧，這裡就是現場吧，還有血跡。」

小夜子一臉稀鬆平常地指著地上，看得我呆若木雞。還以為她真的看到血跡的話會害怕呢。

「妳不怕嗎？」

「你怕嗎？」

小夜子瞇起雙眼笑著，一副就要直接踩在血跡上前行的氣勢。

「我才不怕。」

「死去的爺爺常說，最恐怖的是人，除了人以外的東西都不可怕。」

她的表情帶了點陰霾。小夜子是爺爺帶大的孩子，她爺爺兩年前因為腦溢血死了。

「確實最恐怖的是人類也說不定，但這些血跡也凝聚了兇手的惡意。」

「血跡是血跡，人是人。」

就算得自爺爺的真傳，但她能實事求是地區分到這個地步也令我佩服不已。

「你雖然不承認，但想必問了神明很多問題吧。因為你是那種不把能做的事做到極致絕不罷休的個性。你平常也不會去那座公園，肯定是有事去那附近才會經過吧。」

「妳比我更適合當偵探耶。」

一陣秋風吹過林間，將樹葉吹得沙沙作響。小夜子按住頭髮說：

「這是女人的直覺啦。當女人也有好處喔。」

小夜子用食指戳了戳我的額頭，無言地面向我，露出充滿包容力的笑容。

「我哥說馬路兩邊各留下一根菸蒂，可能是兇手埋伏青山老師的證據喔，證明死者不是受到隨機殺人魔的無差別攻擊。當然菸蒂也可能跟命案無關就是了。」

「在雨中抽菸？不是會馬上被雨淋濕嗎。」

「有菸癮的人為了讓心情平靜下來，就算只有一口也想抽吧。」

我驀然想起剛才看到上林家的畫面。簷廊的啤酒瓶旁邊擺著菸灰缸。

「什麼牌子的？」

「這我就不知道了。我哥也是聽籃球社的學長說的。」

「可是，為什麼是在馬路兩邊？」

「會不會是在尋找最理想的位置？」

「用來藏身的位置嗎？可是這麼窄的單線道，躲哪邊不都一樣嗎？」

「可能還是有細微的差別吧。你想想看嘛，不是有人就連座墊的棉花稍微偏了一點也會耿耿於懷嗎。」

她指的大概是我。說的也是，如果接下來要殺人，或許會很在意這種細節也說不定。可是……上林的父親應該不是這麼神經質的人。

這時遠處傳來鉸鏈嘰嘎嘰嘎的噪音，一切似曾相識。果不其然，是美旗老師。

「又是你們。」

跟上次不一樣，美旗老師好像真的生氣了。聲響大作地放下腳踏車的中柱，抖著寬闊的肩膀，氣沖沖地走向我們。

「現在還是大白天，沒關係吧，老師。」

小夜子四兩撥千金地嘟著嘴撒嬌。像這種時候，八面玲瓏的女生實在太吃香了。如果換成我試圖反駁，大概只會落得說教時間加倍的下場。

「妳在說什麼傻話。殺人魔可不是只有晚上會出現。再說，這種沒有人經過的地方，白天晚上根本沒有差別，絕不是兩個小孩可以任意遊盪的場所。」

美旗老師伸出手，氣勢洶洶的就像貓捉老鼠。我下意識地縮起脖子，小夜子則身輕如燕地避開。

「只有兩個人不行嗎？那三個人就可以嗎？」

「什麼歪理……」老師頓時板起臉，「那我就再說一遍。這裡不是小孩可以任意遊盪的地方，就算有十個人也不行。這樣聽懂了嗎？」

結果又跟上次一樣，讓老師送我們回家。屈辱感再度勒緊了我的咽喉。

「怎麼啦，你們兩個今天都很安份呢，莫非是多少肯反省了。萬一你們出了什麼事，老師和你們的爸媽都會很傷心。」

大概是覺得剛才罵得太狠了，老師改用溫柔的語氣對走出幽靈路仍默不作聲的我們說。

「美旗老師。」

我鼓起勇氣問他。

「嗯，什麼事？」

「老師相信神明嗎？」

沒頭沒腦的問題令美旗老師有些晃神，隨即想到什麼似的說：

「神明……班上好像都這樣稱呼鈴木呢。既然不是罵人的話，老師也不想多加干涉，但不只貶低，捧得太高其實也是一種孤立，所以不要太超過喔。而且人類再怎麼說還是人類。如果認為人類能超越人類，變成另一種存在，就算不是認真的，也證明你們還沒長大。我有幸受到老天的眷顧，長得高頭大馬，但也是因為比別人加倍練習，才能成為柔道高手。如果懷抱不切實際的夢想，放棄努力，只會變成廢人喔。」

美旗老師一隻手放開腳踏車的龍頭，溫柔地摸摸我的頭。但我現在想知道的不是這件事。

「老師是無神論者嗎？」

另一邊的小夜子替我問出我想問的問題。

「不，從盡人事聽天命的角度說，我相信有神喔。」

如果老師親眼看到鈴木的超能力，會有什麼反應呢？我有點好奇，同時也感到害怕。

3

不走運的是第二天的集合，上林也來了。早知道上次就坦白交代了，但如今再後悔也來不及了。

「你今天會告訴我們吧。」

市部對我下最後通牒。

我萬般不願地點頭，偷偷瞥了上林一眼。他正以天真無邪、充滿好奇的眼神看著我。想必他已經從市部或丸山口中聽說來龍去脈了。

上林是好人。嘴巴不像丸山那麼惡毒，只不過有點意志薄弱，太乖巧了。加入偵探團也不是因為喜歡推理小說，而是屈服於市部的淫威。

「所以呢，神明說兇手是誰。」

丸山活像食物就在眼前卻不能吃的小狗，興味盎然地追問。他這三天大概滿腦子都惦記著這件事吧。

我輪流打量眾人，嘆了一口氣，下定決心回答：

「神明說兇手是上林護。」

「上林護是誰？」

上林的叫聲蓋過市部的反問：

「我爸爸？」

所有人的視線同時集中在上林身上。

「真的假的，桑町同學，神明真的這麼說嗎？」

上林以不願相信的眼神看著我。他是偵探團中最相信「神明」的人。

「真的，我沒有騙人。再說我也不知道你爸叫什麼名字。」

「上林的爸爸啊……可是，為什麼？」

貌似好不容易整理出頭緒了，丸山眨著眼睛問。市部領悟到事情的嚴重性，抱著胳膊低下頭。就連他右手邊的比土也有些驚訝，冷若冰霜的表情略顯失措。

「那傢伙不肯說。只說我們是偵探團，應該自己思考。」

「所以呢，你有什麼想法？他說的是真是假，你煩惱這麼多天，就是為了搞清楚這一點吧。」

市部以認真的眼神問我。

「我不知道。」我老實地搖搖頭。「我不信那傢伙是神明，但也不覺得他會說這麼無聊的謊話。他應該有某種根據或確信。」

「說的也是。先不管他是不是神明，鈴木確實不是輕率的傢伙。」

「我去問神明到底是不是真的！」

或許是坐不住了，上林起身，原本如蘋果般紅潤的臉色不知何時變得蒼白。

「勸你不要，這樣只會讓流言傳開。」

我連忙阻止他。

神明周圍永遠圍繞著一群女生。要是神色倉皇的上林貿貿然闖進去，無疑是飛蛾撲火。腕力另當別論，但她們肯定比上林能言善道。這麼一來，好不容易要鈴木別告訴其他人的努力就前功盡棄了。「兇手」的名字將會如火燎原，一下子就傳得人盡皆知。

也許是在混亂中也能稍微理解我的顧慮，上林咬住嘴角，一拳搥在桌子上。

「我爸爸怎麼可能是兇手嘛！」

「既然鈴木要我們自己想，那我們就自己想吧。兇手真的是上林的父親嗎？」市部用充滿領袖風範的語氣鎮住場子，「你也想知道原委，所以去過案發現場吧。」

「嗯。」

我板著一張臉點頭。

「有什麼發現嗎？」

「沒有。我只看了一下。」

「案發現場是幽靈路吧。你該不會因為怕鬼，直接逃走了？」

或許丸山打算緩和氣氛，但我現在可沒有心情開玩笑。

「你再說一次看看。」

我揪住他的衣領，丸山嚇了一跳，哭喪著臉道歉，「對不起，犯不著這麼生氣吧……」

「喂喂，有點過分囉，現在不是吵架的時候吧。」

市部的話讓我冷靜下來。

「啊，抱歉。」

我放開丸山，回到自己的座位。兒童會室裡瀰漫著尷尬的氣氛。

「總之只能先確認神明說的是不是真的。」

比土用欠缺抑揚頓挫的音調說出真理。

「就是說啊。這才是久遠小學偵探團存在的意義。」

市部也同意。話雖如此，但抓小偷已經是我們過去最好的戰績了，根本沒有調查殺人命案的經驗。不僅如此，要是被父母或學校知道，可能會逼我們解散。如果直接跑去問上林的父親：「你是不是兇手？」大概也只會換來一頓罵。

「動腦吧。頭腦沒有大人小孩之分。」

「頭腦沒有大人小孩之分」是市部的口頭禪。基於經驗不足可以靠推理小說彌補的信念，他每天都看很多書。

不過，對於去過現場也什麼都沒看見、什麼都沒感覺、什麼都沒想到，一問三不知的我而言，推理是我最不拿手的領域。或許是我的苦惱都表現在臉上了。

「你是動手先於動腦的人嘛。」

市部苦笑著走近牆邊的白板，拿起白板筆。

「先整理一下狀況吧。十一天前的下午六點左右，霞丘小學的體育老師——青山孝明在滂沱大雨中，經過幽靈路的時候，遭人從背後刺殺致死……」

市部邊說明，邊用工整的字體寫在白板上。

「根據我向霞丘小學的朋友打聽的結果，青山老師雖然脾氣不太好，但還算受歡迎。」

市部繼續在白板上描繪案發現場的地形圖。不知道是什麼時候，但市部顯然也偷偷去過現場。他畫的圖很正確。

「還有，」市部看著我們說。「我們不是警察，所以得不到什麼重大的線索。如果說有什麼是我們能做的，頂多就只有討論鈴木的說法合不合理了……。目前只知道兇手事先準備了菜刀，並不是衝動殺人。……上林，你家有菜刀不見嗎？」

上林不知所措地搔頭。

「我不知道。媽媽不讓我碰菜刀，爸爸也說君子遠庖廚。」

「可是如果是有計畫的犯案，不是應該買新的菜刀，以免留下蛛絲馬跡嗎？」

比土靜靜地拋出疑問。

「有道理，這點確實值得商榷。如果是發生在家裡的命案就算了。從路上濺了一地血跡來看，似乎也不是先在別的地方殺人，再把屍體移到那裡。」

市部沉默下來。久遠小學偵探團的大船才剛離開港口就陷入了觸礁的危機。

「大概是一時衝動的計畫吧。」

或許是為了緩和氣氛，丸山以半開玩笑的語氣說。大家都懶得理他，當他跟平常一樣沒心沒肺。但我突然想起昨天看到的畫面。

「對了，上林。你爸因為工廠停工，白天就開始喝酒對吧。」

「是這樣沒錯……」

「會不會是喝醉了萌生殺意？」

「你到底站在哪一邊啊？」

上林瞪了我一眼。彷彿我是他父親的仇人。不，我確實是他父親的仇人。我非常理解他的心情。你到底站在哪一邊，這句話在我的腦海裡迴盪著。

話說回來，我是為了想知道美旗老師並不是兇手，才問鈴木真兇是誰。如果鈴木是錯的，我會很不安。但如果鈴木是對的，我也會很難過。

我到底想得到什麼結果呢？最好兩者都不是兇手。但，我更希望誰不是兇手呢？

胸口彷彿要裂開了。

或許是不忍心看我這麼苦惱，市部說：

「即使要打官司，也分成檢察官和辯護律師。最好從雙方的立場加以探討。桑町必須負起向神明打聽的責任，站在控方。」

「我哪有什麼責任。」

我嘴上雖然不示弱，但也藉由分配任務，感覺肩膀上的重擔稍微放下了一點。

「那我也加入檢方。」比土以清醒的語調附和，真令人意外。「對手是市部同學的話，光靠你一個人搞不定吧，我幫你。」

比土用無關友誼的表情輕描淡寫地對我說。

「更何況，不管上林同學的父親是不是兇手，美旗老師顯然都不是兇手。」

「是嗎？」

「人被殺之後，怨念會變成黑色的陰影，貼在殺人兇手的臉上。但美旗老師臉上沒有那種東西。」

「別說那麼恐怖的話。」丸山膽怯地抗議。「如果是這樣的話，請比土去看上林爸爸的臉不是更快嗎？」

「喂！」

市部大聲喝止。

「我們是偵探團，不是靈異事務所。這麼做的話，不就等於要從相信鈴木或相信比土二擇一嗎。」

市部對比土的靈異體質持否定態度。恐怕他心裡對鈴木大概也是同樣的想法吧。

「那麼就由我開始辯護吧。」市部清了清喉嚨說：「根據我蒐集到的情報，警方比較傾向於隨機殺人魔的可能性。理由很簡單，因為青山老師那天比平常晚一個小時回家，這點你也知道吧。」

「知道。」

「也就是說，如果是有計畫的殺人，就必須在幽靈路上埋伏至少一個小時。當時下著大雨。就算雜木林可以稍微發揮擋雨的作用，我也不認為兇手有辦法等那麼久。不僅如此，根據你的判斷，上林的父親喝醉了。」

「或許有什麼原因一定要在那天動手也說不定。」

我只能力不從心地反擊。因為市部的質詢一針見血，就連我也心服口服。

「對了！」上林開口。「那天爸爸五點過後都還在家裡喔。絕對沒錯……不過五點過後我去補習，所以後來的事我就不知道了。」

目前還不確定上林爸爸有沒有案發時的不在場證明。但青山本來應該要回家的時間他還在家裡是很重要的證詞。

「這麼一來就不是在雨中埋伏了。可是看起來還是有計畫的犯案。你應該也不認為上林的父親是那種平常會拿著菜刀在路上走來走去的人吧。」

「不認為……那，假設他們約好了呢。」

「這也不太可能。正常人下雨天不會約在那種地方吧。如果自己開車就算了，但青山老師騎的是腳踏車。」

「說得也是……」

不愧是習於推理的市部，見我無言以對，比土接棒反擊：

「那就是上林同學的父親早就知道青山老師會晚歸。」

「要怎麼知道？他好像是臨時留下來加班的喔。」

「不是有手機嗎。既然目的是要殺掉對方，打電話跟對方聯絡應該也不奇怪吧。」

這麼說來……我轉頭面向上林。

「對了，上林爸爸跟青山老師是什麼關係？」

「我不知道。」上林不假思索地搖頭，「直到發生命案以前，我連青山老師叫什麼名字都不知道。」

如果是隔壁小學的老師，不認識也很正常。上林見檢方——也就是我們——落居下風，好不容易冷靜下來，回答得比剛才口齒清晰多了。

「所以他沒有去過你家，你爸爸也沒有提到過他囉。」

「沒有。如果是公司的部下，有時候會來我們家，但學校老師……頂多只有美旗老師偶爾會來下將棋。」

好像有什麼東西勾住我的注意力，就像發芽種子微微從土裡探出頭來。但種子還包覆在堅硬的殼裡，所以不知道是什麼植物。只是覺得好像看到了什麼，著急的感覺幾乎讓身體發起抖來。

「該不會是要殺美旗老師，結果殺錯人了。」

比土輕聲細語地替我說出心中所想。

「美旗老師通常六點下班吧，而且兩人的體格相當。如果在大雨中撐著傘騎腳踏車，身體往前傾的話，可能就分不出來了。一般人做夢也想不到附近還有個跟美旗老師一樣活像雪男的人吧。」

「原來如此，有道理。」市部甚是佩服地看著未來的女朋友，「可是很遺憾，兩人回家的方向相反。就算體格再怎麼相似，如果是有計畫地埋伏，應該不會犯這麼低級的錯誤，更別說是接下來要殺人的人。」

市部立刻反駁。他的反應實在太快了，我不禁懷疑他說不定早就想過這方面的可能性，並且自行推翻。如果是市部，很有可能這麼做。

「那裡有狸子出沒，說不定嚇了一跳，一度走到馬路上。因為喝醉了，搞錯回去的方向……」

比土以反抗市部的態度補充說明。或許因為不是「現在的女朋友」，所以她不願意輕易服從。

「……這麼說來，聽說馬路兩邊都有菸蒂。」

我想起小夜子提供的情報。假如說他不是為了尋找最佳的狙擊地點，而是自以為回到原本的位置，將從東邊來的青山誤認為來自西邊的美旗老師，痛下殺手。

「太荒謬了。」市部不以為然地猛搖頭。跟剛才不一樣，他大概沒有推理到這一步。「接下來都要殺人了，不會犯這麼白癡的錯誤吧。」

我也這麼認為。搞錯埋伏的位置而導致殺錯人，而且還是被狸子嚇到，就算衝到馬路上，應該也不至於迷失方向吧。

然而，倘若上林護就是兇手，應該有什麼重大的原因才對，否則就表示神明的神諭錯了。因為美旗老師的清白是建立在神諭的正確性上。

上林護嚇了一跳，衝到馬路上，發現是狸子，鬆了一口氣。

這時應該還有什麼足以讓他搞錯方向的「事物」。

「但是馬路兩邊的景色都差不多，而且因為下雨，月亮沒出來，也沒有足以判斷方位的座標，就算搞錯也沒什麼好奇怪的吧。」

比土似乎打算將自己的看法堅持到底。

因為她認為鈴木真的是神明嗎？不，應該不是。

還是因為她剛才已經說根據她的靈感，美旗老師不是兇手，所以不能認輸？或許也有這個原因，然而，她的態度還十分從容，看來對自己的能力並無任何不安。

為了訓練「未來的男朋友」的推理能力才刻意反駁嗎？我認為這是最有可能的理由。說穿了，她之所以加入檢方的陣容，或許也是基於這個理由。

座標……比土這句話刺進我的胸膛。跟剛才一樣，該怎麼做才能知道萌芽的種子到底是什麼植物呢。我閉上雙眼，拚命想找出心裡的嫩葉。

「怎麼啦，桑町。幹麼突然閉上眼睛，是在模仿名偵探嗎。」

耳邊傳來市部狐疑的聲音。儘管如此我仍繼續思考。隨即又聽到丸山開的玩笑。

「說不定只是因為夕陽的光線太刺眼了。」

光線……冷不防，那兩盞路燈閃過我的腦海。命案現場新裝上的路燈。如果案發當天路燈剛好壞掉，過了幾天才換上新的路燈的話……。

日光燈用久會開始閃爍。假如起初只有其中一盞忽明忽滅，結果就在上林爸爸被狸子嚇得衝到路上時剛好壞掉，換另一盞開始閃爍。

閃爍的路燈比開開關關的路燈顯眼多了。兇手做夢也沒想到閃爍的路燈居然會在迅雷不及掩耳的時間內互換，假如兇手以路燈為座標，結果回到剛好相反的位置……。

「有這種巧合嗎。」

市部不假思索地嗤之以鼻，煩躁地用力搖晃肩膀。

「衝出馬路的時候，不只這邊的路燈剛好壞掉，另一邊的路燈還得剛好開始閃爍才行。你認為這是幾萬、幾億分之一的機率。」

不用他提醒我也知道。這純粹是建立在鈴木說的話「絕對」不會錯的假設。

市部或許也發現自己的語氣太差，小聲地說了句「抱歉」後，又說：

「換言之……反過來說，必須有這麼多巧合同時發生，上林的父親才可能是兇手。」

「是這樣沒錯啦。」

「可是，如果鈴木同學說的沒錯，兇手的目標其實是美旗老師耶。」

比土面不改色地說。這個女人居然把這麼恐怖的事說得這麼稀鬆平常。

「兇手的目的尚未達成，所以很有可能會再次展開攻擊。」

「就算是這樣，我也不覺得大人會相信神明說的話。」

市部露出苦澀的表情。我也有同感。因為就連我也不相信。

當然，就算要請美旗老師注意安全，也不知從何說起。

「只能由我們來保護老師了。」

我站起來，大聲疾呼。

「別傻了。」

市部毫不留情地駁回我的建議。

「聽好了，如果想保護老師，必須從老師晚上六點下班一路尾隨老師回家喔，而且還不能被老師發現。你認為這種事能持續多久？小學生跟大人不一樣，可是有門禁的。」

意思我都懂。可是如果鈴木沒騙我，如果我們的假設正確，老師正面臨生命危險。好不容易洗刷冤屈，要是被殺就一點意義也沒有了。

「如果偵探團不願出馬，我一個人也……」

「這我可不准。」

市部的眼神真摯無比。

「身為你的好朋友，就算向你爸打小報告，我也絕對要阻止你。」

這是在威脅我嗎……正當我想反抗時，在市部圓睜的雙眸中看到友情以上的東西。那是男人的眼神。

我愣住了。

我一直畏懼、逃避的東西正蓄勢待發。不能讓市部繼續露出這種眼神……。

我只好讓步。

＊

三天後，上林護因為涉嫌殺害美旗老師未遂被捕。

這次的襲擊貌似失敗了。說不定警方也發現真相，偷偷在暗處監視美旗老師及上林護。動機好像是美旗老師碰巧撞見上林護外遇的場面，不止一次勸上林護為了兒子與外遇對象分手，結果反而招致上林護的怨恨。

上林從第二天開始就沒來上學，一週後就轉學了。開朝會時聽副班導說他隨母親搬回娘家。美旗老師也請了整整一個禮拜的假。

我們從此失去上林的消息。

而鈴木今天也被女生簇擁著。

推翻不在場證明

1

「兇手是丸山聖子。」

神明在我——桑町淳面前如是說。

跟一個月前一模一樣。

休息時間，屋頂上除了我們以外沒有其他人，遠處傳來學生在操場上踢足球的喧鬧聲。從附近山上飄來的落葉散落在混凝土地板上，讓人感覺秋意漸濃。

「丸山……聖子？」

沒聽過的名字，然而不祥的預感源源不絕湧上心頭。

「該不會是丸山的家人吧？」

「沒錯。是丸山一平同學的母親。」

「神明」鈴木不以為意地點頭，彷彿回答的是太陽升起的方向。

我跟丸山不同班，但我們都是久遠小學偵探團的團員。他和團長市部低年級的時候同班，是作家仁木悅子的書迷，因為這樣才加入久遠小學偵探團。

他們家代代經商，父親經營食品批發的同時也是市議員，聽說想藉這次大選入主眾議院；母親是ＰＴＡ幹部兼婦女會會長。

想當然耳，他們家在吾祇市屬於資產階級，有時會散發出有錢人的銅臭味，但還不算太討厭，至少我沒有很討厭他。

另一方面，也因為他父親很有勢力，所以能迅速得到偵探團需要的情報，我現在問鈴木的命案也是來自丸山的第一手消息。

適得其反。

這句話浮現在我腦海中。

「你該不會使了什麼花招讓我來問你吧？」

「怎麼可能。我有必要這麼做嗎？」

神明笑得很開懷，一臉沒有任何陰謀算計的表情，爽朗的笑容迷倒班上許多女生，甚至為他組成親衛隊。

「我有說錯嗎，一個月前才剛發生過那樣的事，又來了……」

九月底，我問鈴木某起殺人命案的兇手是誰。因為我們班的班導美旗老師被懷疑涉嫌重大，逼得我病急亂投醫，殊不知鈴木說出口的名字是我的朋友，同為偵探團成員上林泰二的父親。

過去鈴木也表現過幾次神通，成為班上公認的神明。但就算出自神明之口，我起初也不相信上林的父親是兇手。

然而現實是殘酷的。我和其他團員還在手忙腳亂時，幾天後，警方便以殺人罪嫌逮捕上林的父親。警方不可能聽信神明說的話。再說了，警方大概也不知道有個小學生自稱是神明。警方是靠自己的搜查鎖定上林的父親。

在那之後……上林轉學到母親的故鄉，沒有一句道別就離開我們。

鈴木這次又指稱團員丸山的母親是殺人兇手。不，「指稱」二字不太正確。因為全知全能的神只是陳述事實而已，或許用「神諭」來形容比較貼切。但即使一如溺水的人想抓住救命稻草，我的理性仍不願稱其為「神諭」。

總而言之，光是在人口只有數萬人的小鎮接二連三地發生命案已經夠離奇，更不要說兩起命案的兇手都是朋友的家人，實在太詭異了。

「你這句話的意思好像是說，我的力量並不是讓你來問我，而是讓丸山同學的母親犯下殺人案呢。」

冷靜的反問令我一時陷入錯愕之中。

「是這樣的嗎？」

「怎麼可能。」鈴木再次笑著否認。這傢伙明明是神明，詞彙卻如此貧乏。

語言不也是神明賜給人類的溝通手段嗎？「我來這個世界是為了尋求刺激。自導自演就不好玩了。」

玄之又玄的解釋。不管是不是自導自演，如果他真的全知全能，對接下來會發生的事早就瞭若指掌，本來就毫無刺激可言吧。從遠古到現在，未來的知識都被視為神的預言，受到敬重。

「『全知』指的不過是我想知道就能知道，我要刻意閉上眼睛也是可以的喔。就像騎腳踏車時閉上雙眼，這種事你也做得到吧。只是一般人都害怕閉眼騎車可能會出車禍，兩者是同樣的道理喔。差別在於我就算閉上眼睛也不會受到任何傷害，所以我都閉著眼睛生活。」

以前提到「無聊」的時候，他也說過類似的話。說穿了就是神明的心血來潮。

只不過，即使已經發生過好幾次實例，尤其是一個月前聽見他的神諭，我仍無法完全相信鈴木所說。不知道是推理能力或透視能力，他確實有一種我們沒有的，足以看穿事實的能力。

如同引起奇蹟，從此受人崇拜的諸多神明，他只是擁有人類沒有的能力，便自稱為神。這時不需要去分辨神與超能力者之間的那條線。憑我的腦袋終究望塵莫及，現在也不是思考這件事的時候。至少神的地位必須建立在被人類視為神的前提下。我不會稱他為神，所以鈴木就不是神。當然也不是普通人。

但是我能感覺被他指名道姓的兇手就是兇手本人沒錯。關於這點，他的能力足以與神平起平坐。不可思議的是，我居然開始相信鈴木了。

＊

我決定只告訴市部鈴木說的話。市部始是我幼稚園時代的童年好友，目前是久遠小學偵探團的團長。這個偵探團原本就是由市部召集的。

市部熱愛推理小說到成立偵探團的地步，如果沒有這個特殊的癖好，他其實是品學兼優的好學生，還頗有領袖風範，才五年級就獲選為兒童會的會議記錄。因此深受老師及兒童會會長的賞識，願意把空閒時間的兒童會室借給我們當久遠小學偵探團的總部。

如果他長得再好看一點，大概能成為與鈴木不相上下的風雲人物吧，只可惜老天特地為神明空出了那個席位。

我也可以假裝沒聽見丸山母親的事，讓這件事成為我一個人的祕密，但我沒自信能一直瞞著他，上次就馬上被他識破了。既然如此，還不如一開始就告訴他。

偵探團今天不用集合，所以一放學我就立刻抓住市部，一五一十地從實招來。

市部貌似也從我下午上課的表情隱隱約約察覺出什麼。

「我就知道……」

市部在空無一人的兒童會室裡嘆了一口大氣。

「鈴木真的指名道姓說丸山的母親是兇手嗎？……啊，不好意思，我不是不相信你，是我自己難以置信。」

「我也一樣。鈴木說兇手是丸山聖子，但我並不知道丸山媽媽叫什麼名字。」

「的確是這個名字沒錯。因為我聽過我媽喊她聖子太太。……問題是你為什麼要問鈴木？明明上次才受到慘痛的教訓。話說回來，老是作弊的話，偵探團還有必要存在嗎？」

市部嘟起厚厚的嘴唇，露出不滿的表情。他的不滿不是沒有道理，因為他剛對這起命案表現出興趣，正打算撇開小孩的立場，帶領偵探團展開調查。

「……因為狗被殺死了。」

我低著頭回答。

「狗？」

死者是住在附近，名叫上津里子的女性。報紙上說她今年五十五歲，自從四年前丈夫去世後，就一直獨居在偌大的房子裡，兒子夫婦在大阪工作，頂多只有中元節和過年回來。

剛好就在一週前，里子遭人勒斃。房裡翻得亂七八糟，值錢的東西都被偷走了，警方目前正往仇殺與強盜殺人兩方面偵辦。

里子為了排遣一個人生活的寂寞，三年前養了一隻名叫喜六的豆柴。或許是里子遇害時，喜六在一旁吠叫，所以連牠也被打死了。聽說客廳的地毯上到處都是喜六的血，勒死里子的繩子和打死喜六的兇器都被兇手帶走了，至今尚未找到。

「……那是我撿到的狗，是我救回來的黃豆粉。」

三年前，我和朋友新堂小夜子一起出遊的回家路上，從河堤的草叢裡傳來奄奄一息的叫聲。細如蚊蚋的叫聲大概就是在形容這種音量吧。聲音真的很微弱，幾乎被潺潺的流水聲蓋過。

事情發生在三月初。周圍的群山還覆蓋著皚皚白雪。

我撥開草叢，尋找斷斷續續的叫聲，發現黃豆粉被扔在鋪著毛毯的紙箱裡。那是隻剛出生沒多久的豆柴，身體十分虛弱，顯然什麼東西也沒吃，眼睛也只睜開一半，髒兮兮的毛簡直跟已經用了很久的抹布沒兩樣，看起來隨時都會死掉。

我當時還很天真，趕緊抱起牠，帶牠回家。

「我想救這隻狗。」

聽我這麼說，媽媽拚命反對。當時媽媽還在家裡，還沒跟男人私奔，還控制著這個家。媽媽對寵物的毛過敏，連小夜子的家都沒辦法去。

如果就這樣放著不管，這隻狗一定會衰弱至死。當時我還無法眼睜睜地放棄一度救下來的小生命。就算沒有馬上死掉，可能也很快就會被保健所[6]抓去安樂死。

幸好有爸爸幫忙求情，媽媽總算答應讓我照顧牠到恢復體力為止。外面天寒地凍，所以從那天晚上開始，我就讓牠待在我的房間裡，養在我床邊。牠的毛色比一般柴犬更深一點，所以我為牠取名為黃豆粉。

最早的那兩天，黃豆粉只是小小聲地叫著，身體縮成一團，散發出不讓任何人靠近的氛圍。別碰我。大概還無法吃固體食物，所以我準備了牛奶給牠喝，牠也不太領情，連身體都不肯轉向我。

我在學校到處請教朋友要怎麼養、怎麼照顧，這才知道不能餵牛奶，所以還打破撲滿，買了狗飼料回家。唯有獸醫是拜託爸爸帶我去的。

皇天不負苦心人，原本只打開一半的眼睛終於完全睜開了，叫聲也變得很有

---

6 日本各地照顧居民健康及衛生的公家機關，類似我國的衛生所，唯我國是由動物保護防疫處負責處理流浪狗問題。

精神。起初除非用手拿到嘴邊，否則死都不吃的狗飼料也開始願意自己吃了。更重要的是，終於卸下對我的心防，變得非常黏人。自從對我解除警戒後，之前的防備簡直跟騙人一樣，黃豆粉總是纏著我不放，眼神流露出溫暖的光芒。

這段期間，媽媽一次也沒靠近過我的房間。我衣服沾到黃豆粉的毛，所以她連我也不願靠近，當然也沒對我笑過。

小夜子每天都來探望黃豆粉，比我更認真找人領養黃豆粉。當黃豆粉恢復得跟普通小狗差不多時，也找到領養的人了，那就是上津里子。剛好是我撿到黃豆粉的第十天。

里子養了很多年的愛犬半個月前死於絲蟲病。那是一隻大型犬。考慮到蚊子的問題及里子本人的體力，這次想養一隻可以養在屋子裡的小型犬。

我只有把黃豆粉交給里子時見過她一面。如果產生感情，黃豆粉會很可憐，所以媽媽和里子要我保證不再見黃豆粉。但我早就對黃豆粉產生感情，所以這個保證對我來說很痛苦。但如果有兩個主人，黃豆粉也會無所適從。畢竟牠連名字都已經不再是黃豆粉了。我依照約定，再也沒見過黃豆粉。連躲在角落偷看這種心存僥倖的行為都沒有過。

可是我從來沒有忘記牠，黃豆粉的照片現在也還擺在我的書桌上。

里子似乎對黃豆粉一見鍾情，輾轉得知她很疼愛黃豆粉時，我鬆了一口氣，慶幸為黃豆粉找到一戶好人家。

所以黃豆粉捲入命案令我大受打擊。

「這麼說來，我以前的確聽說你撿到一隻狗，原來是那隻狗啊。」

我這才想起當時到處找同學請教要怎麼養狗時，市部也被我問過。

「嗯。牠原本過得很幸福，沒想到會變成這樣，所以我一時方寸大亂，才會去問鈴木，不好意思。」

糟透了。事到如今，道歉已經太遲了，鈴木說的話早已深深地烙印在我胸口。

「所以呢？你要告訴丸山嗎？」

市部問得很冷靜，我搖頭。

「那是要置之不理嗎？」

「你真的很壞心耶，市部。如果是你會怎麼做？」

我知道自己在推卸責任。只要提出這個問題，身為團長的市部就會一馬當先地扛起責任來。我真是太依賴他了。

「如果是我，我會先搞清楚他說的是不是真的。」

果不其然，市部對我伸出溫暖的援手。我猶豫著是不是要抓住他的手。因為這麼一來，市部也會跟我一樣左右為難。都已經全說了才考慮到這點，我這個人未免也太自私了。

但市部主動用力握住我的手。

「既然已經知道了，就不可能再裝作沒聽見，我會稍微調查一下。更何況，我本來就打算如果警方的偵辦遲遲沒有進展就要調查，所以你也別想逃。」

「我沒有要逃。」

我不服氣地回答。

那天晚上，市部打電話給我，約好隔天一起去案發現場。

2

星期六下午，當我抵達約好的地點，市部和比土優子都到了。比土優子還是老樣子，打扮成歌德蘿莉風，但是看起來好像比平常更花稍、更有女人味。一方面是身上穿戴著學校禁止的首飾，另一方面是衣服本身好像也比平常高級，彷彿今天是來約會的。

或許對她來說，今天確實是來約會的，畢竟比土自稱是市部未來的女朋友。同樣都是偵探團的團員，但她對推理小說一點興趣也沒有，只是看在市部的面子上才加入偵探團。目前好像還是她在單相思，但市部對她似乎也不是全無意思。

只不過，如同「未來的女朋友」這種好像隔著一片毛玻璃，模擬兩可的說法，她跟我們這種一般人的常識似乎也有些出入。也就是所謂的電波少女，不對，是通靈少女。她說她看得見守護靈或背後靈，看臉就能知道一個人是不是快死了。還有小道消息說她每週五深夜都獨自在房裡觀落陰。說穿了，久遠小學的五年級充滿了怪力亂神、天馬行空的人才，不是神明就是通靈少女。

比土的皮膚很白，完全是日本人的長相，漆黑的長髮留到肩胛骨附近，齊眉瀏海就像日本娃娃，看得出來自己也很努力扮演通靈少女的形象。所以儘管開口閉口就是市部未來的女朋友，卻不讓人覺得庸俗。只是每次看到她一身可以直接去環球影城或迪士尼樂園的女性化打扮，都不得不重新定義我對她的認識。

我錯愕地看著市部。

「抱歉，被她發現了。」

市部一臉為難地向我道歉。

「這次換誰當犧牲品了？」

通靈少女從市部背後探出頭來問我。

原來如此，她真的很敏銳。

我默不作聲。

「是丸山同學吧。」

她真的真的很敏銳。上個月，上林退出偵探團，剩下四名團員，今天只有三個人到場，也就是說，問題出在缺席的丸山身上。倘若是比土的家人受到懷疑，市部肯定會嚴辭婉拒她同行吧。

「犧牲品嗎……真貼切的形容詞啊。」

我點點頭，豎起領子，抵禦吹過的秋風。既然她都來了，既然她都知道了，也沒必要再隱瞞。

「比土認為鈴木跟這起命案有關嗎？好比說，為了讓我們調查命案，刻意在我們身邊引發命案。」

「不至於吧。」比土搖頭。「我在他身上感受不到惡意。」

不確定通靈少女看人的眼光準確到什麼地步，但我也有同感。順帶一提，她跟我一樣，認為鈴木不是神，但確實是有某種特殊能力的人類。

「不過，為什麼我們要調查這件事？放著讓警方處理不就好了。你那麼在意鈴木說的話嗎？不管凡人再怎麼抵抗，也只會落得泥足深陷、身心俱疲的下場喔。」

比土以漆黑的銳利眼眸瞪著我，表現出非常不滿我把市部捲入此事的態度。在意……或許真的是這樣。感覺就算弄個水落石出，也只會迎來不幸的結局。

「是我提議的。」

見我無言以對，市部挺身而出為我解圍。

「我想搞清楚那傢伙說的是不是真的。」

市部說明前因後果。星期五晚上，他打電話給我。他得知鈴木說的話後，稍微梳理了一下命案，發現丸山母親有殺人動機。

被害人上津里子與丸山家從以前就有深厚的交情，被害人死去的丈夫與丸山家從祖父那一代就有生意上的往來。

丸山的母親今年三十三歲，里子的歲數幾乎可以當她媽媽了。丸山母親結婚時，婆婆就已經去世了，所以里子代替婆婆給予這對新婚夫婦許多建議，丸山的母親也都乖乖照辦。

只是這種虛擬婆媳的關係不可能永遠美滿，五年前，兩人對丸山的教育方針起了爭執。雖說是代替婆婆指導，但里子畢竟不是真正的婆婆，甚至不是丸山家的人。大吵一架後，雙方進入冷戰狀態。即便如此，至少里子的丈夫在世時還能維持表面的和諧。可惜里子丈夫隔年罹患癌症，住院半年左右就撒手人寰。

丈夫死後，自然不再有生意上的往來，丸山家開始與里子保持距離，里子對此大為不滿。看在里子眼中，大概覺得對方利用完自己就冷血地一腳踢開吧。

從此以後，她到處說丸山母親的壞話。約從一個月前開始，甚至逢人就說丸山母親和丸山的級任老師有一腿。丸山母親的老公這次要出來選議員，不管有沒有這回事，這方面的醜聞都很致命。

因此警方起初也認為她有嫌疑，但丸山母親的嫌疑很快就洗清了。因為她有決定性的不在場證明。

「被害人遇害的時間為晚上八點到九點之間，丸山母親那時正參加婦女會的聚會，而且地點正好是我家。」

市部面無表情地繼續說下去。

「我家距離命案現場走路要花三十分鐘左右，騎腳踏車十五分鐘，就算開車也要十分鐘。因為有很多小路，速度快不起來。所以不管怎麼去，來回至少都得花上二十分鐘。丸山的母親八點前開車來我家，待到十點過後，中間好像都沒有離開太久。大家都喝了點酒，但如果有人消失近半個小時，再怎樣都會發現吧。而且家裡不只我媽，還有四位婦女會的幹部。我人在二樓自己的房間裡，所以並不清楚整個聚會的過程，但是她開車來和回去的時候我都看到了。或許是酒意與高談闊論令她飄飄然，她嘰哩呱啦地吵著回去了。所以她的不在場證明堪稱完美。」

「既然如此，那就是鈴木同學搞錯了。為什麼還要來這裡？」

比土側著頭，提出我昨天也提過的問題。

「根據驗屍報告指出，死亡推定時刻好像是晚上七點到九點間。若是這段時間，丸山的母親還是有可能犯案……只不過，有人在八點看到被害人買東西回來的樣子，所以縮小了犯案時間。如果相信鈴木說的話，就表示這個證詞有錯。」

市部回以相同的答案。

「也就是說，你想證明鈴木同學說的是對的？這也意味著丸山同學的母親是殺人兇手喔。你希望發生跟上林同學那次一樣的事嗎？」

比土問的是我，而不是市部。她大概以為市部是受我煽動，畢竟我問鈴木是一切的開端，所以這麼說倒也沒錯。

「因為這不公平……我不能接受自己對上林與丸山有差別待遇。」

「你打算跟對付上林同學的時候一樣，也將丸山同學逼入絕境嗎？」

「……可是就結果而言，鈴木說的沒錯。」

「所以你認為他這次也沒錯？」

我下意識避開她的視線。上次也是這樣，為了證明鈴木沒錯，我的作法與出賣伙伴無異，這絕不是我喜聞樂見的狀況。再說了，我本來就不相信鈴木是全知全能的神，現在卻好像對他說的話和能力照單全收，相較之下，比土的立場跟鈴木還比較接近，畢竟她是利用自己的靈感感受到鈴木的與眾不同。

「在這裡爭論也沒用，目前還只是半信半疑。但不管相不相信鈴木說的話，他想控制我們都是事實。只要能證明他錯了，哪怕只有一次，也能擺脫他裝神弄鬼的心理暗示。妳應該也知道這意義有多重大。所以動腦吧，只要絞盡腦汁，證明丸山同學的母親不可能犯案，就能證明鈴木是錯的。」

市部插進來當和事佬，但他並未發現這麼一來是自己站到了比土的對立面，而不是鈴木。雖然我也不希望他聰明到發現這一點就是了。

「既然市部同學都這麼說了。不過，如果又發生悲劇，別怪我沒有提醒你喔。」

比土有些落寞地收起她的攻擊性。

上林一聲不響地轉學後，市部大概有半個月的時間都神思不屬地盯著偵探團室空出來的座位，就好像上林還坐在那裡。彎腰駝背的樣子一點都不像他的風格，恐怕是在懊惱自己的無力。想當然耳，比土在離他最近的地方目睹了這一切。

＊

最後我們決定在市部家討論。畢竟這裡是丸山母親案發當時所在的重要場所，避無可避。

上次去市部家大概已經是兩年前的事了，明明以前三天兩頭就往市部家跑。才兩年不見，市部家的環境跟以前截然不同。依市部的描述，我們先去停車場一探究竟，沒有任何發現。定睛一看，市部家隔壁已經變成雜草叢生的空地了。

「這裡荒廢啦。」

「聽說是祖母死後，她的子孫們為了繼承問題鬧得不可開交，最後乾脆賣掉土地，半年前變成建設用地，目前還沒找到買家，所以暫時任由我們使用。不只我們家，對面商店的客人也都把車子停在這裡。」

回頭看，市部家對面開了一家新的醬菜行。

「你們家對面開了這種店啊。」

「對呀，去年開的。」

「可是這種店開在住宅區乏人問津吧？」

「這你就錯了，有很多遠道而來的客人喔。老闆說他們在郊外有自己的田，醃製自己種的菜，完全沒有農藥。因為生意太好了，還引起噪音問題，所以六點就必須打烊，不然以前開到八點。其中又以蕗蕎特別受歡迎，還有人特地從隔壁市來買喔。我討厭蕗蕎，所以都買黃蘿蔔，黃蘿蔔也很好吃喔。明明只是醃蘿蔔而已。」

「我也不愛吃蕗蕎。」

「我喜歡喔。」

比土突然插嘴。被我們共同的童年回憶排除在外似乎讓她很不爽。但即使是這樣的比土，踏進市部家的玄關也流露出非比尋常的緊張。她好像是第一次來。

「歡迎歡迎。好久不見啦，小淳。旁邊這位同學是？」

市部的母親從屋裡現身，一如往常很親切地跟我打招呼。她長得跟市部很像，稱不上美人，但個性十分開朗，有如向日葵般耀眼。真希望能跟只有臉好看，但性格極端醜惡的我母親交換。

「我叫比土優子，受到市部同學諸多照顧。」比土的態度好詭異，一副就算撕裂她的嘴，也別想讓她說出她是市部未來女朋友這種鬼話的堅定。這也難怪，畢竟她一向揚言「要等到市部同學整形再說」。要是被市部的母親聽到，不可能喜歡這種女孩。

「小淳也要像以前那樣常來玩喔。」

「好的。」我順著她的話回答，感受到嫉妒的光波。太搶風頭也不好，我退後一步，把市部旁邊的位置讓給比土。

「去我二樓的房間吧。」

「你有先整理過嗎？始。」

「有啦。」市部不耐煩地回答。

「那我待會兒再端果汁上去。」

「不用麻煩了。反正妳也只會說一些五四三的話，飲料我自己去拿就好了。」

市部的母親笑著回房，和樂融融的光景與兩年前幾無二致。

上樓前請市部趁母親不注意的時候讓我看一下舉行聚會的房間。氣派的宴會廳擺放著偌大的桌子和長沙發，是很適合五、六個人吃吃喝喝、有說有笑的場所。沒有死角，只有一扇通往走廊的門，所以每次有人離開房間必定會引起別人的注意，應該無法神不知鬼不覺地消失三十分鐘。

被市部的母親發現就不妙了，所以我們趕快上二樓。

這也是我相隔兩年再次踏進市部的房間，室內的陳設跟以前截然不同，感覺他這兩年徹底地成熟了。我記得以前擺滿動畫或遊戲等更孩子氣的玩具。

「這是切斯特頓，這是克里斯賓[7]。那邊那個是威廉·鮑威爾[8]，這是他在電影裡飾演凡斯[9]的劇照。」

市部眉飛色舞地為我們介紹一張張黑白海報中的人物。

我往旁邊瞄一眼，比土正專心致志地瀏覽，彷彿要全部翻拍在內心的底片上，仔細鑑賞每一樣家具、每一張海報。不是不能理解她的心情，但這種事由通靈少女做起來實在令人有點毛骨悚然。

「妳看到什麼了？」

我半開玩笑地問她。

「無謂的情感。」

比土冷若冰霜地回答。明明是她自己說的，卻對這個答案非常不滿的樣子。

在房裡擬訂大致的計畫，我們決定要去案發現場。甚至不給市部母親端果汁來的機會，屁股都還沒坐熱就離開市部的房間。

因為市部本人也不希望我們久留。討論得有一搭沒一搭的，一心只想快點去關鍵的上津家。

久遠小學的校區裡有兩個還保留著城下町時代風情的舊城區，分別是侍町和吳服町，各自林立著世代相傳的世家。發生命案的上津里子家位於侍町的一隅。顧名思義，侍町的上津家乃武士之家，過去曾經在藩擔任要職，家世十分顯赫。光是這樣就足以讓他們自視甚高吧。里子本人雖然是從鄰縣嫁來，但她娘家也是鼎鼎大名的資產家。

另一個吳服町則是商人的大本營，丸山家即為其中之一。

「仔細想想，難得她會收養喜六呢。這種家世的人，通常連養個寵物也講究品牌或血統。」

市部仰望由一整片白牆構成莊嚴的藥醫門[10]喃喃自語。檜木門緊閉，只能從縫隙勉強看到裡面的樣子，靜悄悄沒有半個人。兩天前負責張羅後事的兒子夫婦似乎已經回大阪去了。

「或許她其實是個好人。」

7　以上皆為英國推理小說作家。
8　美國演員。
9　范達因筆下的名偵探。
10　本柱後面豎立著控柱，覆蓋上切妻屋頂的門。常見於武家或公家的宅邸。

我只有在把黃豆粉交給里子的時候見過她一面。為了避免觸景生情，我遵守約定，不再靠近侍町。但我還記得里子看到黃豆粉時，笑眯了雙眼，溫柔地撫摸牠的頭。我覺得很放心，心想這個人一定會好好珍惜黃豆粉。

「是這樣嗎。」不料市部卻持反對意見。「我倒聽說她是個千金小姐，脾氣很大，非常任性呢。」

市部對她的印象和我完全不同。但從她這四年來灑水器似地逢人就說丸山母親的壞話這點來看，說不定市部的印象才是對的。好可怕的執念。我沒見過丸山的母親，姑且不論她的性格如何，大概都無法忍受被人造謠自己跟兒子的級任老師有染。而且對方還是二十出頭的花美男老師，反而有幾分可信度。里子之所以對黃豆粉那麼溫柔，或許只是因為剛受到丈夫與愛犬相繼逝世的打擊。

兒子夫婦有順便幫黃豆粉，不對，是幫喜六舉行葬禮嗎？我有點擔心。哪怕只有一座小小的卒塔婆[11]也好，但願他們也能顧念與主人一起上路的狗。我在門縫可以窺見的範圍內把院子看了一圈，都沒有看到類似的東西。

大概是跟里子葬在一起吧。我決定這麼相信。

據市部說，兇手是後門翻牆進去。侍町基本上是由三棟房子形成一個區劃，上津家在右邊。從右側的羊腸小徑繞過去，會轉進更小條的石子路。路燈在很遠的地方，所以白天也很陰暗。晚上就更不用說了，幾乎伸手不見五指。

正面的灰泥白牆到了後面變成比較低矮的圍牆。趁著夜色偷溜進去想必不是一件難事。或許是因為鄉下地方特有的安全感，里子明明是個獨居女子，家中卻沒有安裝任何保全系統。

本來應該可以從後面的矮牆看見裡面，沒想到受到樹木和倉庫的干擾，完全看不到主屋。或許對一個女人來說，這棟房子真的太大了，前面的庭院稍有整理，後面就完全放著不管了。

後門用全新的鎖牢牢鎖住，但是從後門通往主屋的小徑上還殘留著抹去腳印的痕跡。

「果然從後面也看不見嗎……」

正當一直踮著腳尖的市部氣得跺腳時——

「喂，你們是哪一家的孩子？」

貌似散步途中的白髮老人舉起拐杖問道。老人很瘦，臉上都是皺紋，看上去很頑固。

「別湊熱鬧，快回去。沒什麼好看的。」

「老爺爺。」但市部毫不畏縮地問他：「請問這一帶晚上是不是都沒有人啊？」

「看也知道吧，前面和後面都一樣，畢竟閑靜是這裡最大的優點。不過啊，你敢大大方方地問問題，這點很了不起。最近的小孩都像你這樣嗎？」

老人頗感興趣地瞇起眼睛說。或許是見有機可乘，市部打蛇隨棍上：

「因為最近很不平靜呢，偏偏大人什麼都不告訴我們。小孩只能靠自己蒐集情報。」

鬼話連篇。

「聽說有人八點在家門口看到上津太太買東西回來的身影。如果是買晚餐，會不會太晚了呀？」

「居然連這個都知道，真不能小看你們這些湊熱鬧的小鬼。」

話說得很嚴厲，但白髮老人臉上充滿了笑容。

「聽說她丈夫住院的時候，她都是從醫院回來才準備自己的晚飯，已經養成習慣了。我也是命案發生後才聽當時看到她的人親口說的，他們當時正要去文化中心，所以只是簡短地打個招呼而已。不過他們都篤定地說那個人就是里子太太，腳踏車的置物籃還有裝著蔬菜的購物袋。一想到那是她最後的身影，就覺得不勝唏噓。」

里子當時好像是騎腳踏車去二十分鐘車程的超市買完東西回來。那家超市的有機蔬菜很有名，距離有點遠，但里子總是去那裡買菜。超市的監視器也拍到了里子在七點半左右購買洋蔥、紅蘿蔔、馬鈴薯的身影。里子沒什麼興趣，唯獨對食材及說別人壞話特別講究有毅力。或許是用這兩件事來排遣獨居的寂寞。

「好不容易做好飯，還沒來得及吃就死了。鍋子裡剛煮好的咖哩連碰都沒碰。」

「好像是呢。」市部早已掌握到這個情報，我也聽他說過。

屍體被發現的時間是隔天早上七點左右，咖哩還原封不動地擱在廚房的瓦斯爐上。咖哩已經煮好了，砧板及菜刀等烹飪用品則收拾得乾乾淨淨。

「電鍋的飯也煮好了呢。」

市部露一手已知的情報。電鍋裡煮了兩杯米，還留有為了再蒸一下先用飯匙攪散的痕跡。雖然不是瑪麗・賽勒斯特號[12]，廚房仍處於隨時都能用餐的狀態。

「處於保溫狀態，而且電鍋的液晶螢幕顯示煮好的保溫時間，從而得知發現時已經過了十小時三十分鐘。除非兇手動了手腳，否則肯定有人在八點三十分後用飯匙攪散過。咖哩是用咖哩塊簡單做的，只要三十分鐘就能搞定。也就是說，被害人直到八點三十分都還活著。」

「真是了不起的小鬼。」老人似乎上鉤了。「還不只這樣，遇害的時間已經搞清楚了。晚上九點，這裡的狗突然開始叫，剛好是九點的新聞開始播的時候。因為養在室內，平常就算叫也不會很大聲，所以當時大概開了窗戶。可是只叫了幾秒，叫聲就戛然而止，很難單用關窗來解釋。」

「您知道得好清楚啊。」

就連市部也是第一次聽到這件事。

「那當然，因為是我聽見的呀。我家就在那裡。」

老人舉起指節分明的手，指向隔壁同樣氣派的大宅。

「聽得很清楚喔，所以聽到狗也被殺時，我馬上就反應過來了。肯定是因為兇手闖入時吠了，結果也遇害了。」

「……您告訴警察了嗎？」

「當然說啦。他們非常感謝我的證詞。」

老人自豪地笑瞇了滿是皺紋的眼角。

「也就是說，兇手是在九點左右行兇的。」

九點也是婦女會的盛宴最酒酣耳熱的時刻。市部起初大概以為里子是在七點到八點之間遇害。如果是七點到八點之間，丸山母親的不在場證明就不成立了。但無論是八點還是八點半，丸山母親要犯案都太勉強，所以不僅沒能靠近真相，反而離真相愈來愈遠。

「還有，你知道嗎？」或許是看市部陷入沉思的樣子看上癮了，老人接著說：「有人在九點二十分看到從後門離開的人影。目擊者是住在山腳下社區的上班族，平常都利用這條捷徑從車站回家。那傢伙早上也經過同一條路，發現後門半掩，想起前一天晚上的事，順道去了派出所一趟，向警察報告這件事。所以說，兇手是九點左右入侵上津家，殺害里子後，還在屋子裡翻箱倒櫃了二十分鐘左右。」

「也就是說，是警察發現上津太太的屍體嗎！」

市部驚訝地抬起頭來。

12　一八七二年漂流在大西洋的無人船，被視為幽靈船的原型，甚至杜撰出發現時船上沒有任何人，桌上卻擺著尚未碰過的早餐等各種傳說。

「對呀，是那個派出所的警官喔。一個是很可靠的年輕人，我買太多書，正傷腦筋時，他想都不想就幫我把兩大袋書搬回家。另一個則是今年春天才調來的，我對他還不太了解。」

得知此事，我藏不住臉上失望的表情。

如果是一般人發現屍體，至少還有機會像這個老人一樣，問出一點蛛絲馬跡。如果是警官就沒辦法了。不僅不可能告訴我們，或許還會立刻打電話通知父母或學校。

「謝謝您，老爺爺。」

市部向老人道謝，我也跟著低頭致意。不在場證明愈來愈堅若磐石，不過能打聽到一些未知的情報還是值得高興吧。

「不會。雖然我說了一大堆，不過孩子還是做點孩子的事比較好。像是玩迷你四驅車啊，我孫子上國中前也一直吵著要我給他買新零件。」

老人一臉緬懷地望著遠方。

我們向老人道別。

3

我慢條斯理地推開兒童會室的門，今天是久遠小學偵探團集合的日子，除了市部與比土以外，丸山也已經到了。

逐漸產生異變的人際關係，丸山本人也處於漩渦中，但唯獨他毫無自覺，正無憂無慮地與市部談天說地，講些今年的新人獎云云。丸山發現我進來了，突然把話題扯到命案上。

市部當然沒告訴丸山我們去過現場，只是他從以前就揚言要調查此事，所以丸山也蒐集了很多情報來。他父母都是知名人物，在地方上很吃得開，因此往往能得到第一手消息。丸山一臉超想趕快宣布他蒐集到的情報，好不容易等到全員到齊，迫不及待地以充滿成就感的表情娓娓道來。

丸山應該也知道自己的母親有強烈的殺人動機，但也知道母親有牢不可破的不在場證明，所以是從看熱鬧的八卦角度說出他打聽到的情報。平常就板著一張撲克臉的比土與自制力驚人的市部本來就不用擔心，就連我也拚命不讓丸山發現我的不自在。

講完喜六的叫聲與發現屍體的來龍去脈——跟我們星期六從老人口中聽到的相去不遠——後，丸山貢獻了新的情報。

案發當晚，有人去上津家送貨，但是按對講機都沒人應門。從門縫往屋裡看時，發現一樓開著燈，拉上窗簾，原本可以聽見細微的電視聲卻突然消失了。

宅配員原本以為里子故意假裝不在家。下雨天或晚上，可能是嫌麻煩，她偶爾會使出這一招。宅配員無奈，只好再把貨物原封不動地放回車上，當時是八點五十分。順帶一提，宅配的貨物是里子上網買的果汁機。

如果宅配員說得沒錯，里子到八點五十分還活著，丸山母親的不在場證明就更固若金湯了。

警方也在追查被害人的姪子，因為里子弟弟的次男出席葬禮的隔天就不見了。那個人是所謂的不肖子，經常不告訴父母自己要去哪裡就跑出去玩。

問題在於吃喝玩樂的基金。因為好賭又愛玩女人，欠了很多錢，父母對他已撒手不管，聽說最近還跑去找里子要錢。警方認為可能是因為里子拒絕給他錢，憤而殺害里子，搶走財物。

錢存在銀行不一定安全，股票又跌跌不休，所以里子在家裡藏了很多現金。那些錢好像都被偷走了。

雖然非我們所願，但我們還是以鈴木說的話為基礎進行推理，所以這些情報對我們來說如浮雲，只有不知情的丸山興高采烈。

「或許根本不用我們出馬，警方很快就會抓到犯人。」

丸山志得意滿地笑著說。不是不能了解他的心情，畢竟我們這種老百姓無從得知警方的動向，他掌握了最高機密。

因為家教要來，丸山講完這些就匆匆回家，顯然只是特地來提供情報，看他臨走前心滿意足的樣子，肯定認為那是自己的使命。

「明天見啦。」

我扼殺自己的感情，與走到門口的丸山道別。或許不只視線，整張臉都不敢抬起來面對他。

*

「有沒有可能是兇手關的電視，而不是里子？」

丸山離開後，一直陷入沉思的市部對我說。

「如果是兇手，就有假裝不在家的理由。或許是擔心被發現，所以把電視也關掉。」

「如果是兇手，為什麼狗沒叫？」比土比我先提出異議。「根據老人的證詞，狗因為發出叫聲被襲擊大約是九點吧。」

「只有十分鐘左右的話，可能是其中一方記錯時間了。」

「宅配業者為了工作需要，應該都會留下正確的時間記錄吧。這麼一來，就是聽到狗叫聲的爺爺記錯了。但那位爺爺感覺還沒失智，既然他說是九點新聞開始播放的時候，我認為可以採信。」

「說的也是……而且兇手就算關掉電視也改變不了任何狀況不是嗎。」

市部垂頭喪氣地說。這麼軟弱的模樣一點都不像平常總是自信滿滿的他。

八點有人在里子家門前看到她。

八點三十分電鍋的飯煮好，還有用飯匙攪散的痕跡。

八點五十分宅配上門，留意到電視的聲音消失了。

九點喜六吠叫，但叫聲戛然而止。

九點二十分有人目擊到從後門離開的可疑人影。

與此同時，丸山的母親從八點前到十點過後都一直待在市部家。

死亡推定時刻為七點到九點之間，丸山的母親只有七點到八點之間能行兇。必須推翻的障礙太多了。

話說回來，既然有人在八點清楚看到里子的身影，再怎麼掙扎都沒用。市部顯然也心裡有數，表情變得愈來愈嚴肅。

「或許無法靠我的力量推翻呢。」

「如果喝到酒酣耳熱的地步，就算有人偷偷離席可能也不容易發現不是嗎？」

我連忙幫腔。以前玩大富翁時，丸山說過有一部很知名的作品是講有人在玩撲克牌的時候偷溜出去殺人的故事。他說著說著就破梗了，還被市部罵了一頓。

「我問過好幾次了，次數多到我媽都要懷疑我了。」

市部以往事不要再提的口吻沒好氣地說。

「我媽說丸山的母親離開過座位兩次，一次去上廁所，另一次是去停在外面的車上拿她去櫪木買的當地特產葫瓜乾。兩次都只有幾分鐘，從未離開座位長達十分鐘。」

「騎機車呢？你上次說路很小條，所以就算開車也很花時間。騎腳踏車十五分鐘、開車十分鐘是嗎。既然如此，如果是機動性比較強的摩托車，是不是就能用比開車更快的速度來回一趟？」

「是有這個可能性……但丸山的母親是開車來的。就算她事先準備好機車，如同我剛才的說明，她從頭到尾不曾離開超過十分鐘。不可能只花兩、三分鐘就去殺人又回來。」

市部搖搖頭，露出絕望的表情。

我內心充滿了罪惡感。都怪我去問鈴木，又全部推到市部頭上，結果害市部這麼煩惱。

相較之下，我並沒有上林時那種坐立不安的感覺。如果鈴木說的沒錯，兇手真的是丸山的母親，我也只能坦然地接受；如果不是，那就為此感到慶幸，如此而已。之所以會有這種溫差，大概是因為我跟上林和丸山的交情不同吧。

我也覺得自己是個很冷酷的人。

這兩個人對市部而言都是同樣重要的朋友，同樣需要保護的存在。從他這麼苦惱的樣子就可以體會到這一點。假如是我父親被指為兇手，市部應該也會一視同仁地煩惱。

……一視同仁地。

*

這一切只要問鈴木就能解決。

惡魔在我耳邊呢喃。

如果是全知全能的那傢伙，當然知道丸山母親的犯案手法。如果他不肯回答，就表示他是在說謊。

上林的時候，鈴木以調查真相是偵探團的任務矇混過去了。但那是因為犯案動機不明，而不是因為不可能犯案。

但這次是物理上不可能犯案。

上津里子遇害時，丸山的母親正與婦女會的成員一起在市部家。

市部似乎打算賭上自己的尊嚴再調查一番，但老實說，問鈴木最快了。畢竟鈴木本人正是造成這一切混亂的源頭。

……但這麼做等於是對市部的背叛。

午休時間，我收回自己想拍鈴木肩膀的手。

但為時已晚，鈴木回過頭來。我的右手不知所措地停在半空中。

「呃，沒事。」

我背對鈴木。

「跟上次一樣，去屋頂上說吧。」

鈴木輕描淡寫地對我說，一派只是約我一起去倒垃圾的輕鬆。

我頓時有些困惑。

仔細想想，這還是鈴木第一次主動邀請我。有事想問鈴木的時候，每次都是我找他出去說話。因為鈴木每次都說「神影響世界就不好玩了」，吝於展現他的能力，不逼他就什麼都不肯說。四天前也一樣，是我為了黃豆粉硬拉他出去問話。

我下意識看了周圍一圈，簇擁著鈴木的女生瞪了我一眼，尤其是形同老大的龜山千春，正以充滿嫉妒，儼然要致我於死地的眼神看著我。她在班上是僅次於小夜子的美女，但性格非常惡劣，以為自己是女王。我很怕她，感覺彷彿在她身上看到母親的影子。

鈴木在班上很受歡迎，誰也不得罪，幾乎不曾主動找女生說話，因此眼下的情況可以說是非常罕見。

我主動找鈴木說話時從沒有這麼大的動靜，所以也不曾在意過女生們的視線。如今只是稍微改變一下狀況，有必要這麼驚慌失措嗎。我對自己感到生氣。

鈴木似乎很享受這一切，用力抓住我的手，把我拖到屋頂上。

跟四天前一樣，暖和的陽光灑落在身上。

「你是來問我丸山聖子要如何行兇吧。」

我答不上來。

「你真的想從我口中知道答案嗎？」

「不，不用了。」

原本還在左右搖擺的天平一口氣往市部的方向傾斜。我瞪了鈴木一眼，拒絕他的好意。

鈴木滿意地點點頭。

「那就好。反正我本來也沒打算告訴你。」

「瞧你一臉啥都知道的模樣。既然你是神，想必早就知道我會怎麼回答吧。」

「不，我隔絕了未來的訊息喔。之前也說過，如果什麼都知道，就無法享受人生了。」

「超脫生死的神明能享受什麼樣的人生呢？」

「這個問題真犀利。惹惱神明很恐怖喔。」

「你不是不干涉這個世界嗎。」

「這倒是。」不知道有什麼可笑，鈴木捧腹大笑。「其實自從告訴你兇手的那一刻就已經出手干預了。可是如果不找點事情做，真的太無聊了。神明也有不為人知的辛酸呢。」

「你這個騙子。」

我又瞪了鈴木一眼，至高無上、獨一無二的神明怎可能產生辛酸這種感覺。

「神明不是不說謊嗎。」

「我沒有說謊喔，所以我說辛酸是真的很辛酸。而且我說的辛酸才是辛酸的定義，不是你以為的那種辛酸。」

神明泰然自若地反擊。

「這麼一來，『不說謊』的定義不是也會變嗎。」

「沒錯。如果我想變，確實可以改變一切，就連你的過去也不例外。」

神明望著遠方喃喃自語。我假裝沒聽見最後那句話。

「……我只想問一件事，當然你也可以不回答。」

「你果然想知道這起命案的內幕嗎。」

神明以雲淡風輕的眼神看著我。

「命案我們偵探團會調查。……我想知道的是，我們能找到讓自己心服口服的答案嗎？」

「這個問題好迂迴啊。不過我明白你的心情喔。」

「我想也是。畢竟神明不用徵求我們的同意也能窺見我們的內心世界。」

「哈哈哈。無妨，我就告訴你吧，可能性很大。」

我鬆了一口氣。看來即使深陷人際關係的泥沼，也不會一直陷入思考的泥沼。畢竟人際關係已經出現異常了，總好過兩邊都泥足深陷。

鈴木應該沒有說謊。總而言之，我決定相信神明。

4

與解開謎團之前的苦惱成對比，解開謎團的時刻總是來得猝不及防。

「我想到一件事。」

第二天，我們在兒童會室舉行臨時聚會。丸山沒來，我們也沒叫他。今天是要上家教的日子。

「只是，希望二位不要誤會，我並不是完全相信鈴木說的話，也沒有不分青紅皂白硬要把丸山的母親當成兇手。」

市部依序面向比土和我，說出以上的開場白，含糊其詞的態度，不如說是在說給自己聽。

市部雙手撐在桌上，表情陰鬱地開始慢慢說明。

「我試著反過來思考。就像上次你們做的那樣，如果兇手就是丸山的母親是無可動搖的事實，那麼她到底要怎麼殺人。」

市部開始在正後方的白板畫下時間表。

「首先是晚上八點，被害人這時確實還活著。如果只有一位目擊者還有可能說謊或認錯人，但證人有兩位。接著是八點三十分，電鍋的飯煮好了，還用飯匙攪散。無法確定是否為本人所為，但兇手沒理由這麼做。不過，如果只是攪散，只要發現屍體前電鍋還在保溫，什麼時候都可以攪散。再來是八點五十分，宅配員認為屋裡有人卻假裝不在，還聽見關掉電視的聲音，但是沒有看到本人。

接下來才是重頭戲。九點喜六吠叫，但叫聲馬上就停了，屋子裡有翻箱倒櫃的痕跡。九點二十分有人目擊到從後門離去的可疑人影。……不同於以上的證詞，這應該是兇手而不是被害人的行動。至少兇手從九點到九點二十分都待在上津家。如果丸山的母親是兇手，加上往返的時間，至少得離開我家四十分鐘。就算因為酒酣耳熱，記憶有點靠不住，基本上也不可能。

也就是說，如果丸山的母親是兇手，那麼侵入上津家的其實另有其人。」

大概是昨夜一晚沒睡都在想這件事吧，市部掛著濃濃的黑眼圈，加以說明。

「侵入上津家的是被害人的姪子。」

通靈少女觀察力敏銳地小聲說。

「沒錯。」市部用力點頭。「只有這個可能性了。這裡有個重點，如果丸山的母親是兇手，里子的姪子就不是兇手，至少沒有殺死里子。話雖如此，里子也不可能眼睜睜地任由姪子殺死愛犬、搶走財物。換句話說，姪子侵入上津家時，里子不是已經死了，就是不在家。」

市部臉上充滿疲憊的神色，唯獨雙眼炯炯有神，聲音也很帶勁。我鬆了一口氣，靜靜聆聽市部發表高見。

「既然丸山的母親從未離席二十分鐘以上，九點時上津家應該還沒有屍體。如果有，唯一的可能性是八點看到她的證詞是假的，但這也不太可能。由此可見，姪子入侵上津家時，里子不在家。」

「你是說她弄了咖哩，還煮好飯，卻連一口也沒吃就出去嗎？還是丸山同學的母親突然約她出去呢？」

比土側著頭反問，充滿光澤的長髮輕輕搖曳。

「如果被約出去，手機或家用電話應該會留下通話記錄。如果留下通話記錄，警方應該不會輕易放過丸山母親的嫌疑。」

「難道她們事先約好了？」

市部搖頭。

「都要出門還煮飯不是很奇怪嗎，而且約在我家門口見面也很詭異吧。就算丸山的母親擬訂好殺人計畫，約里子見面，里子也不會欣然赴約吧。丸山的母親大概是趁去車上拿東西的那幾分鐘殺害里子，但她怎麼知道里子已經到了？如果是里子打電話通知她，手機裡應該會留下通話記錄。」

「照你這麼說，被害人根本沒有理由去你家。」

「對，沒有理由。」市部坦言。「然而，如果丸山的母親是兇手，只可能在旁邊的空地殺死里子。但里子跟我家沒有交情，也不太可能來找丸山的母親……不過，里子的目的地可能不是我家，而是我家對面的醬菜行。那家醬菜行的蕗蕎非常有名。有沒有可能是里子正要吃咖哩的時候，發現沒有蕗蕎[13]，想來買個蕗蕎呢？將腳踏車停在我家旁邊的時候，剛好和出來拿東西的丸山母親碰個正著，兩人一言不合吵起來，丸山的母親失手殺了里子。兇器大概是櫪木的特產葫瓜乾。丸山的母親似乎也喝了一點酒，所以可能是一時失去理智。然後她暫時先把屍體藏在後行李箱，聚會結束後再搬到里子家。腳踏車大概也是趁夜深人靜的時候還回去。我猜這一切都是偶然，否則除此之外，沒有任何解釋能證明丸山的母親就是兇手。」

「騎腳踏車也要十五分鐘，她會為了買蕗蕎特地跑一趟嗎？何況店都已經打烊了。」

我插嘴道。顯然是早已預料到這個疑問，市部反駁的速度快到我有點冒火。

「畢竟她連煮咖哩的食材都特地到大老遠跑去買有機蔬菜，對蕗蕎很講究也不足為奇，而且咖哩冷掉可以再加熱。如果里子真的像傳聞所說，是個任性的千金大小姐，就算商店打烊，大概也會用力敲門，直至買到想要的東西為止。」

或許事先早已想好說詞，市部說得合情合理。

「可是……」這次換比土發問。她以通透的眼神說：「宅配送東西來，里子假裝不在家是八點五十分的時候。如果要騎腳踏車去市部同學家，到了都已經過九點不是嗎？」

經她這麼一說，市部突然喪失自信，與方才判若兩人。

「妳說的對，就只剩下這個謎團了。既不是兇手，也不是姪子，而是另外有人躲在上津家，假裝沒人在的可能性也不是沒有，但目前檯面上沒有這號人物。如果是她兒子，肯定早就告訴警方了。但喜六應該也被教過不可以碰遙控器吧，所以電視在八點五十分關掉應該不是喜六的惡作劇。」

13 日本人吃咖哩飯習慣配蕗蕎或福神漬。

他的語氣消極又軟弱無力，彷彿前面那一大串強詞奪理的推理不是他說的。

「會不會是電視自己關掉了。」

我看不慣市部這副德性，忍不住脫口而出。我明明下定決心，這次要默默地靜觀其變……

「如果兇手是丸山的母親，里子那個時間應該不在家。既然如此，關掉電視只有可能是基於別的理由。去買菸蒂只要三十分鐘左右，所以里子可能沒關電視就出去了。有人為了防盜，晚上都會開著電視。而且上津家沒有安裝保全系統。不過，如果出門前看的節目是錄影帶或以前錄下來的節目，宅配業者來的時候，可能剛好播完，所以就沒有聲音了。」

「……嗯，確實有可能。」

不知何故，市部露出悲傷的表情。

明明助了市部一臂之力，我卻高興不起來。

「這麼一來能夠證明丸山的母親不是兇手的反證就全部排除了。」

聽到這句話，我才反應過來。自己推了市部一把。

話說回來，黃豆粉按到電視遙控器的可能性也很高。市部不可能知道黃豆粉受到什麼樣的教育。一口咬定「不是」黃豆粉的惡作劇，難道不是因為直到最後都不願承認丸山的母親就是兇手，故意留下這個疑點嗎。
這恐怕是市部的理性與感性勉強達成協議的臨界點。
我卻排除了最後一個可能性。又要經歷苦澀的離別了。
我忍不住低下頭，不敢看市部的臉。
「不是你的錯，是我導致這樣的結果。」
回家時，市部在我耳邊低語。我快哭了。

＊

第二天，兇手落網了。
是里子的姪子。
因為去典當偷來的東西，被警方逮捕，檢方立刻簽發拘票。姪子承認竊盜及殺狗的罪狀，卻矢口否認殺害里子一事。
但警察及媒體、社會大眾都不相信小偷說的話，據說檢察官最近就會以強盜殺人罪起訴他。
想當然耳，丸山聖子完全沒事，丸山至今仍是久遠小學偵探團的一員。他的父親表態要參選明年的議員選舉。

市部和比土皆以與從前無異的態度面對丸山，我也是。即使有些微妙的疙瘩，丸山大概也不會發現。錯不在他，可是……

如果當時我是問鈴木殺死黃豆粉的兇手是誰，而不是殺死里子的兇手是誰，或許就不用這麼煩惱了。都怪我覺得問他殺狗的兇手太幼稚，不好意思開口，改用里子的名字來問，現在後悔也來不及了。

然而，如果問他殺死黃豆粉的兇手是誰，鈴木一樣會告訴我嗎？

肯定會顧左右而言他吧。

因為對痛恨無聊的神明而言，這樣就一點也不好玩了。

從水庫繞遠路

1

「兇手是美旗進。」

神明在我——桑町淳面前如是說。

跟過去兩次一樣，他輕鬆自若、理所當然的語氣像是在回答昨天的理化小考最簡單的問題，態度與他自行構築的情境——這可是神明賜予的真實——背道而馳。或許對他而言，這種事根本不值得大驚小怪，這也是鈴木身為神明，對自身能力的自負。

儘管如此，我還是忍不住反問：「美旗老師嗎？」班導美旗老師被指控為殺人犯，而且還是被兒童指認。

「而且你居然直呼老師的名諱。」

「我只是舉出殺人犯的名字。一定要正確才行呢，要是殃及其他沒有關係的美旗老師就不好了。」

鈴木正經八百地回答。好可恨的表情。

鈴木是神明。這是他自己說的，這種說法在班上……不止，在其他五年級生之間也廣為流傳。也有像我這種疑心病重，或是完全不把他放在眼裡的人，但基本上以深信不疑的人占多數，尤其是女生。

這部分跟世界上大多數對宗教的信仰差不多。如果說有哪裡不同，大概就是鈴木不會主動傳教，也不會強迫別人尊敬自己。而信徒也因為想獨占鈴木，尤其是以龜山千春為首的那群女生，為了避免增加情敵，完全沒有要傳教的意思。

即便如此，大部分的兒童仍當鈴木是神明。鈴木也讓我們見識過一些奇蹟，所以不得不承認他是真的有點本事。我打死也不承認鈴木是神明，但同意他大概有某種超能力。像是具有比一般人稍微敏銳一點的感受力，卻自稱為神的超能力者。

也有人認為只要有超乎人類的能力，不就是神明了嗎。但我認為只要能力有極限，就不是神明。例如我不相信鈴木能活上好幾百年，也不相信他誇口說自己可以變成任何東西的能力。實際上，我每次要他變身給我看，他都只會推說：「我為什麼要變身給你看？證明自己是立場薄弱的人才會做的諂媚行為。」他是口才辯給的超能力者。

但他確實具有某種看見真實的能力。正因為如此，我才避開那些女生的耳目，約他到屋頂上來。

「真的是美旗老師嗎？」

雖然我不敢相信，也不想相信，但我早已料到鈴木會說出美旗老師的名字。

因為美旗老師是這起命案的嫌犯之一。

被害人是美旗老師的女朋友。

命案發生在週日晚上。星期一清晨發現被害人的屍體，中午休息時間，貌似刑警的男人來教職員室問案。放學後，我們都知道這件事了。

美旗老師騎腳踏車上下班，假日據說經常開高級車和女朋友一起優雅地兜風。這個落差也太大了，但他其實很喜歡車，一邊過著樸實的生活，一邊老老實實地還貸款。這麼說來，課堂上提到汽車的話題時，老師總是雙眼閃閃發光地高談闊論。

老師從第二天，也就是星期二開始請假。期間我一直在想，老師該不會真的是兇手吧，擔心得不得了。

美旗老師還不到三十歲，是個認真又和藹的老師。他學生時代是柔道的重量級選手，每次上課時，近兩公尺的壯碩軀體左搖右晃。外表看起來像隻熊，但性格很溫柔，總是很關心在班上有點格格不入的我。我會格格不入完全是自作自受，因此明明很不好意思害老師操心，又忘不了老師輕拍我背時厚實的手掌，不由得貪戀老師的好意。

得知命案的同時，我就想問自稱神明的鈴木兇手是誰了，但又怕他真的指名道姓是美旗老師，所以拖泥帶水遲遲下不了決心。

幸好老師因為失去女朋友的打擊只請了幾天假休息，星期五便帶著虛弱的表情出現在我們面前。

「不好意思，害大家擔心了。」

美旗老師才是最飽受煎熬的人，開口的第一句話卻是向我們道歉。他的聲音有氣無力，黑眼圈很深，一看就知道沒睡好。明明是玩柔道的彪形大漢，那天看起來卻比平常小了一兩圈。

根據父親是市議員的丸山打聽到的第一手消息，美旗老師好像擺脫了嫌疑，才能重新站上講台。之所以能只花幾天就證明自己的清白，除了還有另一個涉嫌重大的嫌犯以外，也因為美旗老師有不在場證明。實際上，貌似刑警的男人只在星期一出現過一次，一向對醜聞有很多意見的ＰＴＡ那幫人對老師回來上課也沒有多說什麼。

隔週的星期一，老師也有來學校，我鬆了一口氣，還以為已經沒事了，為了慎重起見，隨口問了鈴木一嘴，結果就變成這樣了。正所謂問了丟臉一時，不問丟臉一世，這下可好，問了反而要後悔一輩子了。

想也知道，就跟第一次問鈴木兇手是誰的時候那樣，我期待他說出別人的名字。這是美旗老師第二次捲入命案了，上次抓到真兇，老師確實是冤枉的，不料一波未平一波又起，所以有人開始繪聲繪影地傳起對老師不利的流言。也有極少數家長打電話向學校抗議，要求學校先別讓老師回來上課，直到真兇落網為止。明明失去女朋友的老師才是最值得同情的人。

然而……神明無情地說出美旗老師的名字。

「我不相信。而且美旗老師明明有確切的不在場證明。」

丸山拍胸脯保證過好幾次，警方已經解除了對美旗老師的懷疑。

「你在尋我開心吧，上次也說丸山的母親是兇手。」

但鈴木一臉不為所動地說：

「上次你們應該也研究過我說的話是不是真的吧，結果是你這次還是跑來問我。不妨告訴你，神明不會尋別人開心或開玩笑矇混過去喔。因為只有優劣屬於誤差範圍內的關係，才會產生尋別人開心或開玩笑矇混過去的念頭。而神與人的立場具有壓倒性的差異。再說了，如果你堅信美旗老師不是兇手，為什麼要來問我？你心中肯定有些許疑慮吧。」

「才怪，是因為有些口沒遮攔的傢伙在胡言亂語。」

「這真是奇也怪哉。就算你知道真相，也無法讓那群人閉嘴；要讓他們閉嘴，只能等警察逮捕到犯人，你只是想得到我這個神明的擔保吧？既然如此，為什麼不相信我說的話。」

鈴木以看透一切的眼神問我，口吻帶著不容質疑的份量。可惜我還沒有足以反駁的知識與經驗。

「你真的很壞心耶。」

我瞪了他一眼，鈴木微微聳肩。

「不是我壞心眼，壞的是現實。你只是在追求一個對自己有利的答案。既然如此，你就別想著要知道真相，而是祈求上天讓未來變成你要的樣子。當然，我完全沒打算成全你的任性。」

「虧你是神明，做不到嗎？」

鈴木根本不理我的挑釁。

「是不想做。我為何非得干涉、汰換自己創造的世界不可？你希望我的初期設定有問題嗎？恕難照辦喔。因為我很完美，沒有任何瑕疵，而且我很滿意這個世界。」

「如果只是預言，或許人類也辦得到。」

超能力者即使能窺見過去或未來，也無法改變未來。只有真正的神明才能改變未來。

「而且就算我把未來改成你要的樣子，你會相信是我改的嗎？你只會懷疑我要騙你，堅持未來一開始就是改變後的模樣，說我是騙子吧。」

我被堵得無言以對。同樣的話明明已經聽過無數次了，卻總是無法第一時間反擊。

「該回教室了。有人拜託我午休去幫忙踢足球。」

品學兼優、文武全才的神明推開我，逕自從我身邊走過，消失在樓梯下方。

沒多久，操場上傳來歡呼的尖叫聲。

＊

「鈴木說美旗老師是兇手。」

放學後，我向走進兒童會室的市部坦白一切。從客觀的角度來看，或許是我哭著向他求救。因為我也沒自信能推翻鈴木說的話。

市部是久遠小學偵探團的團長，偵探團是他成立的，同時也是我的兒時玩伴。頭腦很聰明，運動神經也不錯，更重要的是還有領導才能，堪稱完美先生，可惜長相差強人意，因此少了一點明星光環，被轉學生鈴木搶走了大部分的風頭。

不過他本人絲毫不在意這些有如浮雲般的名氣。倒也是，如果在意名氣的話，根本不會組織偵探團這種一聽就覺得是宅男才會成立的社團。

市部在兒童會擔任會議記錄，因此師長默許我們可以把空閒時間的兒童會室當成久遠小學偵探團的總部。因此「久遠小學偵探團」的招牌並非隨時掛在兒童會室的門板上。

「是老師啊……」

沒想到就連市部都呆住了。他受到的打擊似乎比我想像中還大。

或許是從我的表情察覺端倪。

「有鑑於過去兩次的經驗，我認為鈴木不會胡亂扯謊。但也不表示他說的話一定是真的。就像丸山的母親那時一樣，頂多是他說的人也有可能犯案的程度。」

市部眉頭深鎖、一臉凝重地說明。

「聽說美旗老師有不在場證明，我鬆了一口氣，但鈴木又說兇手是他，可能是因為美旗老師的不在場證明有破綻吧。」

不可思議的是，市部對鈴木似乎也有某程度的信賴，認為他說的不全是謊話，同時又流露出想否定這一切的執念。他也經常對我說「不要相信鈴木說的話」。

「總而言之，我稍後再不著痕跡地問一下丸山，美旗老師的不在場證明真的成立嗎，視答案再來決定思考方向。」

「我呢？」

「你一下子就會表現在臉上，所以還是不要出面比較好。還有，這件事絕對不能告訴丸山和比土喔。比土就算了，丸山對鈴木說的話幾乎都照單全收，要是被他知道鈴木指名美旗老師是兇手，一定會開始懷疑美旗老師。如果讓美旗老師知道我們懷疑他，任憑美旗老師人再好，肯定也不開心吧。」

「嗯，就這麼辦。」

「還有——」市部繼續叮嚀，儼然鄰居囉哩叭嗦的三姑六婆。「你絕對不要單獨行動喔。畢竟這是發生在現實生活中的殺人命案。」

「知道了啦。」

我不情不願地點頭，既然都告訴市部了，自然要照他的指示做。話說回來，如果沒有套出丸山的情報，想行動也無從行動起。案發現場不同於過去的現場，遠在沒有車去不了的地方。

「所以呢，你怎麼看？」

市部用比剛才更低沉一度的音調問我。

「什麼東西我怎麼看？」

「你認為美旗老師是兇手嗎？」

他的語氣過於認真，問得我猛搖頭。

「怎麼可能！我只是想消除老師的嫌疑。」

「有什麼好消除的，警方都已經不懷疑老師了，哪有什麼嫌疑可言。還是你想給鈴木一點顏色瞧瞧？」

「……不如說是為了我自己。唯有證明美旗老師沒有殺人，才能說服我自己，才能放心，笑著說差點就上了鈴木的當。再這樣下去，感覺就像魚刺卡在喉嚨，很不舒服。」

我很清楚明明是自己問的鈴木，沒資格說這種話。可是既然懷疑就像惡魔，已經躡手躡腳地鑽進我心裡，就必須消除疑慮，直到心明如鏡為止。否則我大概再也無法坦然地面對美旗老師。

「那就好。」市部微笑。「你似乎還沒有完全中鈴木的毒。」

「這不是廢話嗎。」

這時，丸山一平走了進來，所以我們的討論到此為止。

「怎麼了？你們兩個。」

或許是察覺到充斥在室內的沉悶氣氛不太對勁，丸山以大惑不解的目光輪流打量我們的臉。

2

第二天的中午休息時間。昏暗的兒童會室只有我和市部。今天要開兒童會，所以偵探團休息。不過那是放學後的事，基本上午休時間都沒人。這是瞞著丸山與比土的臨時偵探團活動。

「昨天晚上，我問過丸山了。」

市部一走進兒童會室就迫不及待地開口。他掏出記事本，邊翻頁邊說：

「死者名叫榊原英美理，二十六歲，女性，在隔壁丹原市的公司上班。」

丹原市距離這裡開車要三十分鐘左右。以前只能取道九拐十八彎的山路，五年前鑿穿隧道，鋪設了平整的雙向四線道馬路，每個小時還有三班公車。

因此幾年前開始傳出合併的風聲，但是為了市公所要設在哪邊吵得不可開交，從此以後就處於膠著狀態。即使馬路修整得漂亮，人潮川流不息，老住戶的自尊還是跟以前一樣。

「兩年前透過共同的朋友認識美旗老師，一年前開始交往。」

如果是這部分的情報，我也略有耳聞，但是不想打斷他的話頭，所以只是默默點頭。

「丹原市的山坳有座治水用的大水庫，名叫赤口水庫。一週前的星期一上午十點，附近的老人發現她浮在水面的屍體。死者雙腳的腳踝都綁著繩索，似乎是綁著石頭扔進水裡，發現時繩索的另一端空無一物，只剩下繩結。不知道是鬆掉了，還是扔進水庫裡的時候撞掉了。」

根據市部打聽到的消息，水庫位在深山裡，平常沒什麼人會去，那天剛好是山腳下的老人牽狗來散步。老人說他每個月大概會有兩、三次走得遠一點，走到水庫附近，因此出乎兇手的預料，屍體在遇害的隔天就被發現了。

死因是重擊後腦勺造成的腦挫傷，留下細微的傷痕，目前還無法判斷是遭到鈍器毆打，還是頭用力撞上牆壁。只是從腦部的狀態來看，不難發現死者應該是立刻昏迷死亡。

「最先遭到懷疑的就是美旗老師，警方當然也找老師問案了。其次遭到懷疑的是與死者同樣住在丹原市的石橋大三。他是在死者公司附近工作的三十歲上班族，半年前開始與死者交往。也就是說，死者腳踏兩條船。案發後，美旗老師和那個名叫石橋的男人得知死者除了自己以外還有別的男人都十分震驚。」

「美旗老師好慘。」

我忍不住表示同情。那麼善良的美旗老師居然被人腳踏兩條船……。

「雖然不至於覺得她死有餘辜，但確實有些自作自受的部分。美旗老師請假沒來上課的理由，除了女朋友被殺的打擊以外，更多的是受到背叛的震驚吧。」

「別看老師那樣，他其實很純情呢。」

「另外，死者不是這個縣的人，一個人在丹原市租房子住，所以目前似乎還沒有其他導致遇害的強烈動機。因此嫌疑就鎖定在老師和石橋兩人身上，相較於石橋沒有不在場證明，美旗老師的不在場證明很明確。」

好不容易說到重點了。我緊張地繃緊身體，不知道市部有沒有發現，只見他慢吞吞地翻開記事本。

「根據法醫相驗的結果，死亡推定時刻為前一晚的七點到十點之間。再加上死者遇害時兩隻眼睛都還戴著日拋式的隱形眼鏡，從鏡片乾燥的程度研判大概是死後一到兩小時被丟進水庫裡。」

「怎麼說？」

「如果是在睜開眼睛的狀態死掉，淚水會停止分泌，所以鏡片會慢慢乾掉。但是丟進水庫裡的話，湖水會再度濕潤鏡片，就像用熱水泡開海帶芽那樣。只是已經乾掉的鏡片無法完全恢復原狀。所以從變形的程度可以判斷從剛開始乾燥到再沾到水的時間相隔一小時以上。」

「原來如此……也就是說，兇手殺死被害人後，大約花了一個小時的時間把屍體搬到水庫嗎。」

我不確定這跟不在場證明有什麼關係，總之先問清楚再說。

「呃，關於這點……」

市部欲言又止。

「晚上八點，有人在上戶的十字路口看到被害人。根據目擊者所說，被害人開車駛向通往水庫的路。」

「什麼意思？」

上戶的十字路口位於不管從這裡，還是從丹原市的市中心開車都要三十分鐘左右才能到的地方，周圍幾乎都是梯田或樹林，馬路兩邊散布著農家，地點十分偏僻。那條路非常窄，我也只有去採葡萄的時候搭父母開的車經過一次。採葡萄的地方在比水庫再過去一點的地方，從上戶的十字路口到水庫只有一條路可走，距離水庫大約三十分鐘左右。

「被害人經常去自家附近的餐廳吃飯，看到她的人剛好是在那家餐廳工作的中年婦女。目擊者那天去上戶地區參加親戚的法事，晚上八點從老公開車的回家路上，在上戶的十字路口等紅綠燈時，看到被害人的小轎車由左至右，往水庫的方向從眼前駛過。雖然只看到一眼，但不只看到被害人的側臉，服裝也是被害人常穿的衣服，所以應該沒錯。而且目擊者也很好奇被害人這個時間去水庫做什麼，所以清楚記得車上緊接著開始播放八點的廣播。目擊者的老公因為在抽菸，剛好低著頭，沒看到被害人的車，但也清楚記得老婆詫異地說『我剛才看到榊原小姐了』的聲音和隨後播放的廣播節目。」

「用這種方式確定了時間啊。會不會只是剛好看到很像的人呢？」

「以機率來說確實有可能，但現在已經不是採葡萄的季節，長得很像被害人，又穿著跟被害人很像的衣服，但卻是完全無關的女人剛好在案發時間的前後前往案發現場的水庫，基本上不太可能吧。」

「嗯，說的也是。」

「起初這個目擊情報對美旗老師很不利。我猜你也知道，有兩條路通往水庫，一條從上戶出發，另一條從丹原直接走山路過去，這兩條路會在水庫前會合。從丹原經由上戶去水庫要花上一個小時，但走山路只要四十五分鐘左右，而且路也比較大條。所以如果是丹原的人，無論是要去水庫，還是去採葡萄，一般都會走山路。

相反的，吾祇的人去水庫時，如果取道丹原，得花上一小時十五分，相較之下，經由上戶只要一小時。換句話說，從吾祇出發的人經由上戶去水庫的可能性比較高。美旗老師住在吾祇、石橋住在丹原。從這個角度來看，認為死者白天先來吾祇找美旗老師，因為某個原因去水庫還比較自然。」

「說不定是和石橋來吾祇玩啊。如果美旗老師也在車上，他長得那麼魁梧，隔著駕駛座也會看到他吧？」

「嗯，美旗老師的不在場證明已經獲得證實，所以警方目前正在研究被害人與石橋一起來吾祇的可能性。只不過，關於副駕駛座的人，目擊者說她沒有看得很清楚。畢竟只看到一眼，又是夜晚，行駛中的車上也沒有開燈，光靠十字路口的路燈只能認出離自己比較近的被害人。」

顯然早就準備好答案，市部不用看記事本都能對答如流。不愧是市部，真是滴水不漏。

「多虧有以上的目擊證詞，美旗老師的不在場證明才得以成立。你也要感謝目擊者喔。」

「對了，快告訴我老師的不在場證明。」

找到我一直在內心深處尋找的安全感後，我催市部。

「剛才說過，被害人是死後一個小時才被丟進水庫裡。倘若被害人是在水庫遇害，因為被害人最快也要八點三十分才能抵達水庫，意味著被害人是九點三十分以後被丟進水庫裡。那裡離被害人家附近的停車場開車要四十五分鐘，被害人的車鑰匙是在被害人的房間而不是皮包裡發現，因此可以視為是兇手把被害人的車子開回來。合理推測兇手把屍體丟進水庫是想讓人以為被害人是失蹤而非死亡，所以才刻意把鑰匙放回房間。總而言之，這時是十點十五分。假設兇手開車回來後從最近的公車站搭公車回吾祇也得花上四十五分鐘，所以是十一點。就算改搭計程車也要三十分鐘，所以最早也要十點四十五分才能回到自己住的公寓。」

市部邊說明邊在室內的白板寫下簡略的時間表。

「被害人的車停回停車場啊。」

「是的。通往水庫的馬路一路鋪到湖邊，所以沒有留下輪胎痕。除了車鑰匙以外，所有的東西都在被害人的皮包裡。美旗老師的不在場證明是九點四十五分有大學時代的學長去他家找他。」

「九點四十五分！」

因為鈴木直指老師是兇手，我還以為就算對不在場證明動手腳，頂多也只有十幾二十分鐘的誤差。沒想到居然有整整一小時的誤差。有一個小時都可以來回丹原市一趟了。

「那位學長的證詞可信嗎？」

「比一般人可信。因為對方是現役的警官。」

「警官？」

我愣了一下，不過既然是柔道社的學長，職業是警察也不足為奇。這麼說來，老師上課扯淡時也說過好幾次學長當警察的事跡，像是個子比老師矮小，但老師在他面前毫無勝算；或是每次都提著一公升的酒不請自來，而且一進屋就要老師跑腿「去買下酒菜回來」，老師總是又氣又笑地這麼說。或許是察覺到我的反應，市部說：

「沒錯，那天晚上學長也提著一公升的酒突然找上門來。他的理由是如果先打電話通知老師，老師可能會稱說有事而拒絕。兩人在老師家喝了兩個小時的酒，喝到快十二點，學長才回家。所幸那位學長的工作態度很認真，風評很好，所以署內沒有任何人懷疑學長的證詞。」

「老師也說學長總是差遣他跑腿。」

或許是利用跑腿的空檔動了什麼手腳。

「老師是去附近的超級市場買東西，花不到十分鐘。超市十點打烊，老師買了一堆貼著半價標籤的小菜回家。那個人對酒很講究，對下酒菜倒是不怎麼在意。」

真不愧是市部，這些情報也是向丸山打聽出來的吧。總之買東西的時間只有十分鐘的話，大概無法對不在場證明對什麼手腳。

「問題是，那位學長真的能相信嗎？都說不怕一萬，只怕萬一。」

考慮到截至目前的來龍去脈，故意也好，不小心也罷，記錯一個小時左右的時間差也不是絕無可能……話雖如此，試圖推翻美旗老師不在場證明的行為讓我心情沉到谷底。

「如同剛才所說，超市十點打烊，所以如果學長十點以後才來，老師出去也買不到東西。而且半價標籤還有那家超市的店名和日期，就算兩人能串通不在場證明，也無法延長超市的營業時間。」

市部離開白板，站在我跟前。

「話說回來，老師的不在場證明建立在兩個重大的巧合上。一是帶狗散步的老人偶然在隔天上午發現屍體，才能將死亡推定時刻縮小至七點到十點間。畢竟那裡可能好幾天都不會有人經過，如果隔了幾天才發現，就會拉大死亡推定時刻的範圍，老師等學長離開後才去殺人的可能性就成立了。更何況，兇手為了不讓人發現屍體，還為死者的雙腳綁上重物。所以應該沒料到這麼輕易就被發現。另一個巧合是被害人常去的餐廳店員剛好八點在上戶看到她。從吾祇經上戶去水庫的路上完全沒有人煙，再加上老師與被害人都跟那一帶沒有地緣關係，所以幾乎沒道理在那裡被目擊到。然而不僅被看到了，目擊者連時間都記得清清楚楚。托她的福，老師的不在場證明才能成立，簡直是奇蹟。」

不知道該佩服誰才好，市部仰望天花板，長嘆一聲。

然而，奇蹟出自於神明之手，而神明告訴我美旗老師就是兇手。

「所以你認為老師的不在場證明沒有動手腳嗎。」

我問市部。

「我本來覺得沒有，直到鈴木對你說出老師的名字。」

他的語氣很複雜，彷彿相信每句話都有言靈，小心翼翼地選擇要說出口的每句話。

「那你現在認為不在場證明有蹊蹺嗎。」

「我還沒有任何想法，不過，或許真有哪個世界可以推翻銅牆鐵壁的不在場證明也說不定。」

語尾有點用力。基於偵探迷的可悲特性，看到眼前的高牆反而會激起不服輸的好勝心。

「你到底站在哪一邊啦。」

見我嘟嘴，市部一臉詫異地說：

「我才想問你呢，這個問題是你挑起的吧，原本我壓根兒也沒懷疑老師喔。」

「說得也是……抱歉。」

我有氣無力地垂下視線和腦袋，市部鼓勵我：

「覆水難收，既然都已經問了也沒辦法。我們能做的只有確認那傢伙說的話是不是真的。」

市部的口吻愈來愈激動。我雖然持否定態度，但內心深處確實相信著鈴木。市部雖然表現出不當一回事的樣子，說不定他也相信鈴木。

「市部，你認為鈴木說的是真的嗎？」

我提心吊膽地問他。

「不。」

市部不假思索地搖頭。

「我不認為他說的百分之百都是對的。但根據過去的經驗來看，也不全是說謊。騙子會在九十九分的真實中夾雜一分謊言，所以我不相信他。你最好也別相信他。」

「……我認為那傢伙是超能力者。」

我第一次提出自己的看法。神明就別說了，相信有超能力也很丟臉，所以我一直沒說。與那群鈴木的跟班相反，這種話我說不出口。

「我的意思是說，那傢伙能用超能力看見過去或未來。以這次的命案為例，已經發生了，所以是過去。」

「原來如此。」市部先接受我的說法，再提出反對意見：「可是啊……真的是那樣嗎？」

「那傢伙確實有某種優秀的能力，但不見得是超越人類的能力。我說個一般論，洞察過去比預知未來簡單多了。像是從校舍屋頂上用望遠鏡偷窺市郊的人家，家裡的樣子其實是透過光線反射室內各種不同的顏色，將訊息傳回望遠鏡，一天後，如果能再聚集那些光線，理論上應該能看到那個家一天前的光景。就像我們在一萬年後看見離我們一萬光年的星光那樣。」

「可是光會擴散，變得支離破碎，所以要在一天後重新聚集是不可能的任務吧？」

「那當然。但是顯然比預知未來簡單得多吧。因為預知必須聚集現在根本還沒有反射的光線。」

「所謂的四次元嗎？」

「差不多。用說的很簡單，可是以現在的技術還辦不到，頂多只能在腦子裡想像增加一個次元這種單純的設定，就跟幻想如果多長一隻手，就能邊彈吉他邊吃飯一樣。目前已經來到一個有四次元還不夠，需要好幾倍次元的時代，簡直跟千手觀音沒兩樣。言歸正傳，你應該可以理解同樣是超能力者，預知未來與洞察過去的功力完全不一樣吧。」

我完全不曉得他想表達什麼，總之先「嗯嗯」地點頭附和。

「那麼，假設是洞察過去好了，能做到什麼地步呢？最厲害的程度大概能在腦海中勾勒出任意的時間、任意的場所，就像自己身臨其境一樣。利用磁場之類的工具把剛好往四方擴散的光重新聚集在眼前。這也是很了不起的能力，但如果不需要洞察完整的過去，只是推測過去的話，大概不需要這麼強大的能力。」

市部假裝不以為意，其實也分析過鈴木好幾次吧。他滔滔不絕地說出對那傢伙深入的考察。

「推測？」

「那傢伙說他知道真相，但或許只是猜到真相也說不定，就像我們久遠小學偵探團做的那樣。說得極端一點，如果只是要得到與命案有關的情報，握有丸山這張王牌的我們也辦得到。丸山的父親是議員、母親是婦女會會長，可以向他們打聽情報，如果鈴木的親朋好友有人是警界相關人士，或許能得到更重要的情報。」

「你是指鈴木利用特權得到情報，再根據那些情報來推理嗎？」

「很有可能。只不過……」

市部支吾其詞，剛才的氣勢不知跑哪兒去了。

「我也不認為那傢伙是普通人。那傢伙確實擁有比一般人更優秀的能力。」

可以的話真不想承認——市部臉上充滿這種苦澀的表情。

「如果那不是媲美名偵探的推理能力，而是更超自然，好比看穿被害人心中所想的能力，或是對死者的讀心術……」

「不是超能力者的透視能力，比較像靈媒那樣嗎？」

「沒錯，可能是降靈之類的能力。如果是這樣，那傢伙只能說出兇手的名字就說得通了。因為除非是遭到偷襲，否則被害人應該都知道是誰殺了自己。」

「這也太怪力亂神了。」

我有些不滿地抗議。我個人可以接受超能力，但不接受怪力亂神，因為那會害我半夜不敢去上廁所。

「以死者殘留在靈魂上的意念來說，怪力亂神與超能力其實也差不到哪裡去。

當然，我不相信有鬼，有的恐怕只是抽象化的訊息。如果是直覺非常敏銳的人，或許能在無意識中感受到那些訊息。」

「我也這麼覺得。」得知市部與我英雄所見略同，我鬆了一口氣。「超能力與怪力亂神是兩回事喔。」

「你們在聊什麼？靈異現象嗎？」

冷不防，兒童會室的門開了，比土優子走進來，彷彿一直在等亮相的時機。她長得很像日本娃娃，身上穿著歌德蘿莉風的衣服，是個熱愛靈異現象的電波少女，自稱是市部未來的女朋友。

「不是啦，是神明……」

我不小心脫口而出，後悔得不得了。聰明伶俐的比土顯然察覺到我想說什麼，輪流打量我們，但唯有視線掃向我的時候流露出嫉妒的表情。

「瞧你們兩個鬼鬼祟祟的……又跟鈴木同學有關嗎？」

「妳誤會了啦。」

我看著市部，市部向比土解釋：

「不是，我們是在討論那傢伙可能不是神，而是超能力者或靈媒。」

「哼，怎麼會討論到這個？」

她強硬地插進我們中間，似乎就算是未來的女朋友，現在也不願意讓任何人站在市部旁邊。

「也就是說，桑町同學，你又問鈴木同學兇手是誰了？」

「沒有，因為關係到美旗老師，桑町也很猶豫該不該問。我們剛才就是在討論這件事。」

市部面無表情地轉移話題。這麼高明的本事我可模仿不來。

「是嗎。」聽不出比土對市部的打圓場相信到什麼地步。「要不我替你問吧？」

「妳不是討厭鈴木嗎？」

「討厭啊。因為他一片純白，什麼都看不出來，也不知道他在想什麼，感覺像是要削掉我的黑暗面。但就算討厭，也好過你們鬼鬼祟祟地討論，還對我說謊。」

「知道了啦。」市部嘆了一口氣，目不轉睛地盯著比土的臉看。「我老實說就是了……」

「鈴木同學指名美旗老師就是兇手吧。」

比土先下手為強地說出結論。

「妳也問了鈴木嗎！」

我情不自禁地問。

「怎麼可能。」比土露出打從心底深惡痛絕的表情。「看你的臉就知道了。用偵探團的術語來說，就是推理吧。桑町同學不只看不懂別人的臉色，也不會看自己的臉色呢，真是太不設防了。」

說到看臉色，還輪不到在校內以通靈少女聞名的比土來對我說三道四，但我也察覺得出來，她確實極力掩藏自己的臉色。說穿了就是永遠不曉得她這個人在想什麼。

比土聽市部說明原委後，板著一張白皙的臉表示贊同：「既然如此，確實如市部同學所說，只能確認老師的不在場證明是否真的成立。我也會幫忙。」想也知道，她的音調沒有任何抑揚頓挫。

「總之午休結束了，放學後再換個地方討論吧。」

「說得也是。我本來沒打算這個時候過來的，可是有不好的預感，來看一下果然沒錯。」

比土氣沖沖地瞪著我說。不只今天，比土對我肯定有什麼天大的誤會。

先不管她對我的敵意，因為有不好的預感就特地跑來一探究竟，我不禁懷疑她不只是熱愛靈異現象的電波少女，說不定真的有什麼（通靈）能力，就跟鈴木一樣。不過如果再追究下去，可能會陷入除了我以外，大家都擁有某種能力的不安。

「丸山呢？今天家教要來，所以他大概不會出現。」

市部問道。

「不能讓丸山同學那個大嘴巴知道。」

比土冷冷地說。

「那傢伙才不是大嘴巴。」

市部馬上為朋友說話。

「不過考慮到事情的嚴重性，暫時先不要告訴他吧。」

「如果你們一直向他打聽消息，他遲早也會發現不對勁，所以這部分就要看市部同學的本事了。如何不讓他起疑，又能套出必要的情報。」

「這個任務的壓力好大啊。不過……也只能盡力而為了。」

市部一臉無奈地喃喃自語，大概是深刻體會到身為團長的責任重大。

3

推翻美旗老師的不在場證明。我們幾個小學生哪可能一朝一夕推翻就連警察也心服口服的不在場證明。不過另一個嫌犯石橋完全沒有不在場證明，所以警察可能並未徹底查證老師的不在場證明，就先鎖定石橋是嫌犯了。

總之要一口氣縮短一小時的空檔基本上不太可能，所以我在課堂上拚了命地思考有沒有辦法縮短一點是一點。正所謂積沙成塔，就算只有五分鐘、十分鐘，全部加起來或許就能達成一小時的目標。

當然這只是鬧著玩的推理遊戲。在思考著如何推翻不在場證明的過程中，我一直這麼提醒自己。不這樣的話，美旗老師的臉會一直浮現在腦海中。這麼一來，悲哀將凌駕一切，無法繼續推理下去。感覺自己內心的重要部分正一一石化，胃變得好重。

但美旗老師不僅生龍活虎地站在眼前的講台上，聲音也傳到我的耳朵裡，我只好努力關掉自己的感官。看在老師眼中，大概會覺得我今天上課一點也不專心。幸好我平常的表現還不算太差，老師不會因為這樣就說我什麼。更何況老師本身也因為命案的關係，失去了平日的霸氣。

放學後，市部編了一個合情合理的理由，借了家政教室，和我還有比土集合。家政教室比兒童會室大，再加上一樓的窗簾緊閉，三個人的聲音迴盪在空曠的教室裡。

我們坐在擺放著電磁爐的流理台前，比土率先開口。

「我稍微想了一下，屍體雖然棄置於赤口水庫，但水庫不一定是殺人現場。」

「可是有人看見被害人前往水庫的身影。」

我坐在對面的圓板凳上插嘴。

「目擊者看到她的地方並不是水庫，而是前往水庫途中的十字路口吧。既然如此，就算兩人在那之後隨即發生口角，兇手憤而動手殺人也不奇怪。」

比土雲淡風輕地說，態度始終波瀾不興。

「而且如果是在水庫被殺，遇害後棄置在那裡長達一個小時以上也很奇怪。比起來，認為兇手殺人後先花三十分鐘前往水庫，再花三十分鐘在死者腳上綁上重物，然後扔進水庫還比較自然。光是這樣就能縮短三十分鐘了，真是的，你們到底在磨蹭什麼？」

比土冷笑。不只嘲笑我們，連警察也一起嘲笑進去，真是太狂妄了。

雖然被目擊之後就馬上發生命案的偶然令我耿耿於懷，但如果是這樣，確實十點十五分就能回到家。

如何？比土對市部露出挑釁的表情。

市部抱著胳膊，陷入沉思。

「不是沒有可能，但這樣還是差了三十分鐘。再說了，就算綁在腳上的石頭是從現場拿的，繩子又是從哪裡來的。難道放在後行李箱裡嗎？」

「就是加上找繩子的時間在內，才需要花到三十分鐘吧？而且就算水庫才是殺人現場，一樣沒有繩子啊。」

「不，也可能是有計畫的犯罪，兇手事先準備好繩子。然而如果是有計畫的犯罪，比起在前往水庫的途中動手殺人，在人煙更罕至的水庫行兇還比較合理。如果是在路上動手行兇，比較大的可能性還是發生口角，一時衝動的殺人。妳也這麼覺得吧。」

「嗯，雖然還是有些不太合理的地方。」

比土敗下陣來。別的事就算了，推理這方面還是市部技高一籌。

「如果是那樣，表示一開始就打算把屍體扔進水庫，只是真的要扔的時候，看到繩子和石頭，所以改用沉的？」

「這也不是沒有可能。」

這次市部也沒否定。只是就算說得通，還是少了三十分鐘。感覺他們打算把這個問題留到明天再說。

「桑町同學有沒有什麼想法？」

沉默流淌在家政課教室裡好一會後，比土挑釁地問我。不過只有言詞挑釁，眼神和語氣依舊冷靜。

「沒有，雖然我也思考了一下。」

「這樣啊。」

市部打破僵局。他該不會認為我什麼也想不到吧。

「我猜會不會是沒有馬上把車子停回去。」

我有些不服氣，看著市部的眼睛說。

「兇手殺死被害人後，如果先去被害人位於丹原的家，再從那裡回吾祇，得花上一小時十五分鐘，直接回家只要一小時，不如等學長離開再把車子停回去。我記得包月停車場和被害人住的地方有段距離，所以就算半夜去還車大概也沒有人會發現。」

但這樣也只能縮短十五分鐘，跟比土推理的結果差不多，只是以積沙成塔的策略來說，算是不壞的第一步。

「為什麼不先還車，而是先回家呢？」

我就知道比土會鍥而不捨地追問。

「可能是車子的後行李箱有什麼東西。而且是體積很大，一看就知道是自己的東西。禮拜天，被害人開車前往老師住的公寓，後來又去水庫的話，只要不是一開始就計畫殺人，依照正常的思考邏輯，可能載了一些兜風時需要的物品。」

「有道理。可是這麼一來只能從十點四十五分縮短成十點三十分。」

明明自己也只縮短三十分鐘，比土還好意思趾高氣揚地質問我。另一方面，市部逕自陷入沉思，並未開口。

「我從兩小時前才開始思考，今晚再好好地想一下。」

我向比土反擊。

「我當然也會思考，提出足以與未來的市部同學相匹配的推理。」

比土以有如無底深淵的漆黑眼眸看著我說。

對她而言，比起老師，在市部面前把我比下去顯然更重要，因此才會接受我的挑釁，也因此終於達成共識。

雖然氣人，可是隨鈴木說的話起舞，把老師當成殺人犯，拚命想要推翻他的不在場證明的我也是一丘之貉。

「市部，你怎麼想？」

我問始終抱著胳膊，一言不發的市部。他以平靜的口吻苦惱地說：「我想到一個可能性，今晚再跟丸山確認一下。」

「為了縮短剩下的三十分鐘，我當然也會繼續思考。」

比土這句話為今天的推理劃下句點。

＊

第二天放學後，偵探團瞞著丸山在兒童會室集合。不知是幸還是不幸，丸山算數考試的成績太差，所以這幾天都要接受家教的補習。

「不好意思啊，今天也去不了，我媽好囉嗦。」

丸山搔著頭向我們道歉，我還得鼓勵他「別介意，補習要加油喔」，罪惡感不是普通的深重，臉上的笑肌都要抽筋了。

放學後，三人一如往常在兒童會室集合。因為話題敏感，市部開始討論前先拉上窗簾。

「我想了一整晚……」

這天由我率先發言。

「只要結合昨天我的推理和比土的推理，就能縮短更多時間了。」

我發揮聚沙成塔的本事，露了一手昨晚洗澡時想到的推理。

「兇手過了上戶的十字路口就殺死被害人，將屍體載到水庫，九點丟進水庫，截至目前都跟比土的推理一樣。問題在於接下來直接開車回自己住的公寓。老師的公寓離水庫只要一個小時，因此可以將回家的時間提早到十點。」

「可是還差十五分鐘。」

如我所料，比土冷若冰霜地指出這一點。

「嗯，我知道。可是妳不覺得這已經是很大的進步嗎？我們順利地動搖了不在場證明的地基，只差一口氣了。」

不知不覺間，我的語氣有些得意。明明想相信美旗老師，我很清楚這種心理真的太矛盾了。說不定我其實是個壞蛋。

「那妳又有什麼想法呢？有辦法再縮短三十分鐘嗎？」

比土接下戰帖，正要開口。

「在那之前，」市部大聲地打斷我們，看著我的臉。「昨天討論到最後時，我也發現這個可能性。所以昨天晚上我問了丸山關於被害人停在停車場的車。」

這次市部轉而面向比土。

「據丸山所說，幾乎沒有人記得被害人停在包月停車場的車。因為那個停車場本來就連一半都停不滿，被害人的車子兩邊都是空位。而且多半都是上班族在使用，所以禮拜天幾乎沒有人會靠近停車場。只不過其中……」
市部講到這裡，舔了舔嘴唇，就連我們也能感受到他的緊張。
「隔著一個空位停在旁邊的家人還有印象。那是夫妻加兩個子女的四人家庭，目前唯一的證詞是那家人早上七點出門遊玩的時候，被害人的車停在那裡。晚上十一點半回來的時候，車子也還停在那裡。因為長途的舟車勞頓，長子累壞了，腳步蹣跚時不小心碰到車子的引擎蓋，所以記得很清楚。」
「等一下，十一點三十分不是美旗老師和學長喝得正嗨的時候嗎。」
「沒錯。」市部點頭如搗蒜。
「所以動手殺人後先回家一趟的可能性就消失了。除非有任意門，否則也不可能利用出去買下酒菜的時候把車子停回去。」
「學長待了兩個小時是真的嗎？會不會喝茫了，其實只待了一個小時。」
如果學長十一點就打道回府，老師就能勉強趕在十一點半把車子停回去。
「我也考慮過這個可能性，但學長回去時，美旗老師的房裡開著電視，而且還是新聞節目。如果是為了讓學長覺得時間過得比較慢，還能事先錄好再放出來，反過來就不行了，因為還沒播呢，而且還是新聞。實際上，新聞內容也跟學長的記憶一致。」

「我懂了。也就是說，學長確實在美旗老師家待到快十二點。」

我如釋重負地放棄掙扎。因為我的說法遭到否定，就等於美旗老師的清白又得到證明了。

「沒錯，就是這樣。所以美旗老師必須在學長突然來訪的十點前搞定一切。」市部彷彿要說服自己似地說完，轉向比土。

「不好意思打斷妳，妳的推理是？」

「我的推理也被你剛才說的話推翻了。」比土一臉遺憾地搖頭，有如洋娃娃的表情始終聞風不動。「我猜他會不會是八點殺害死者後，為了思考要怎麼收拾殘局，先回自己的公寓一趟。如果殺人動機是得知死者腳踏兩條船，爭吵中一時衝動殺死對方，就很有可能先回家想辦法吧。」

「這麼一來，隱形眼鏡會太乾吧？我記得屍體從死亡到丟進水庫的空檔只有一到兩小時。」

我根據記憶所及提出異議。

「真的嗎？這麼一來或許是學長來的時候，連忙藏進浴室。不過，無論如何都無法去還車就是了。」

「聽起來很有意思，可是老師上課說過，他們家的浴室是衛浴合一的三件套。

而且人喝了酒會一直跑廁所，就算在浴缸裡裝水，蓋上保溫的簾子，萬一屍體浮起來，馬上就掀開了。如果要藏屍，通常是浴缸裡就算有水也會趕緊放掉。」

市部把手放在嘴邊，斬釘截鐵地推翻這個假設。

「說得也是。」

面對市部，比土的態度乾脆多了，看上去也沒有不高興。

「所以呢，市部有什麼想法？」

我把手肘撐在長桌上，撐著下巴，滿懷期待地問他。

「我的推理是被害人開的不是自己的車。被害人的車是白色的雙門轎車，但如果是自己不開車的中年婦女，所有白色雙門轎車在她眼中都是一樣的吧，而且只是夜路上從眼前一閃而過。如果不是自己的車，鑰匙留在被害人家裡也誠屬自然。」

「有道理，看到開車的是被害人，很容易直覺以為是被害人的車呢。」

比土靜靜地點頭。

「可是，被害人為什麼要開別人的車？如果是老師的車，應該由老師開啊。而且就算能解決停車場的問題，還有個十點的關卡。」

「但這樣就能解釋比土剛才說的先把屍體帶回家的推理了。」

市部說明。然而言詞閃爍，似乎還無法確定。

或許是市部引用了自己的推理，比土有些雀躍。總是面無表情的臉上浮現出淡淡的笑容，反而令人不寒而慄。

「因為沒理由把屍體沉入裝滿水的浴缸裡，如果能想到有什麼理由必須在一個小時後弄濕眼睛和臉還說得通。那天的天氣很好，當然也沒有下雨，所以肯定還有別的原因吧，莫名其妙的地方太多了。總之這麼一來就能推翻美旗老師的不在場證明了。」

對市部而言，說出這句話肯定不好受。說是苦不堪言也不為過。完全不相信自己的推理，無可奈何的心情溢於言表。就像挖東牆補西牆的組合屋，亂七八糟。好久沒看到市部這樣了。

4

「怎麼啦桑町，你在這裡做什麼？」

禮拜天，我在老師住的公寓附近向他搭話。

既然無法推翻不在場證明，老師就是無辜的。這原該是一件可喜的事，內心卻籠罩在一層迷霧裡，無法為老師的清白感到高興。大概是受到神明的詛咒了。

話雖如此，我其實不曉得老師住在哪裡。只知道他住在哪一區，漫無目的地走向那一帶。真的是漫無目的。

「我在散步。」

我沒有信心能藏起內心的矛盾好好回答。

「一個人走到這麼遠的地方來散步嗎，你真的很喜歡獨處呢。」

不同以往，從老師的語氣裡感受不到規勸的味道。這一帶在泡沫經濟的時代蓋了很多房子，公園等公共設施也很完善，有很多人帶狗來散步。老師嘆了一口氣說：

「不過這也無妨，像我現在也想要一個人待著，每個人都有想獨處的時候吧。」

聽到這裡，我想起老師被女朋友劈腿的事。但這個事實與老師是不是兇手沒有關係。

「桑町，要不要一起去兜風？」

「這是搭訕嗎？」

「啥？不想去的話也沒關係。」

「我去。」

我連忙答應。

「就知道你一定會答應。去角倉峽吧？那一帶的楓葉紅得很漂亮。」

角倉峽位於流經吾祇市中心的河流上游，是一片岩石地區的風景名勝，河流就像夾在岩壁間的縱谷，看起來很湍急，但其實很和緩，所以河邊規畫成露營區，頭上是給人走的紅色吊橋。單程三十分鐘左右，是很適合開車兜風的距離。

順帶一提，這條河與赤口水庫是不同的水系。

「麻煩你了。」

我思忖著老師也跟被害人一起去兜風過嗎，跟著老師走到車庫式的停車場。一問之下，費用是露天停車場的一倍，老師說「因為怕愛車被刮傷」所以租了能上鎖的車庫。

老師幫我開車門，我跳上副駕駛座，繫好安全帶。接下來即將展開心曠神怡的兜風之旅……應該是這樣，應該是這樣的。

汽車音響播放著偶像歌手唱的歌，很好聽，座椅很舒服，火紅的楓葉和溪谷的風景也美不勝收。儘管如此，我的心卻烏雲密布，不只烏雲密布，幾乎要下起雨來了。老師在我心中的地位逐漸限縮，愈縮愈小。

因為老師的愛車是白色的進口車。是左駕的雙門轎車……。

＊

整趟兜風的過程中，我坐在老師的右側，拚命思考。從停在右側等紅綠燈的車上看過來，乍看之下會不會以為是我在開車。我是小孩，所以對方當然會立刻反應過來這是左駕的車，但如果我是大人呢，是否就這麼誤會下去了？

倘若對方是不會開車的中年婦女就更不用說了。只是在夜路上匆匆一瞥，誤以為被害人自己開車也不奇怪。

而且啊，只要坐在副駕駛座，繫著安全帶，我是生是死都沒關係。

被害人的隱形眼鏡乾掉了。也就是說，她是睜著眼睛死掉。只要睜開眼睛，面向前方，就算死了，看起來也像是在開車。

如果她經過上戶的十字路口時就已經死了……

死亡推定時刻為七點到十點間。假設兇手在七點三十分殺害死者，直接讓她坐在副駕駛座上前往水庫。說不定命案現場在老師家，兩人為女朋友劈腿的事起爭執，老師用力推了死者一把，撞到致命傷……。如果是這樣的話，繩子只要從家裡帶來就好了。

八點在上戶的十字路口被目擊者看到時，老師當然不曉得目擊者認識被害人。不只上戶，這一帶應該沒人認識老師或被害人。

八點三十分抵達水庫，找到大小適中的石頭，綁在死者腳上，丟進水庫裡。赤口水庫距離老師的公寓一小時車程，所以即使在現場花了十分鐘進行棄屍作業，也能在九點四十五分前回到家。回到家，剛好學長不請自來，這麼一來都說得通了。說是說得通，但是就像乾冰一樣，沒有任何證據可以推翻不在場證明。

……該告訴市部他們嗎？

即使下了老師的車，我還是拿不定主意。雖然不是百分之百確定，雖然本人完全不能接受，市部仍推翻了老師的不在場證明。也因為只能用這種強詞奪理的推理來推翻老師的不在場證明，他看起來姑且相信老師是無辜的。

昨天他發表了漏洞百出的假設，發誓總有一天要填滿推理的漏洞，但應該還是束手無策。只要別再多生事端，雖然有違市部的本意，或許可以讓一切圓滿落幕。

但……我凝望著市部家的方向。前往角倉峽的途中經過市部家，所以他或許看到老師開車載我了。或許也同時發現老師的愛車是左駕。這麼一來，比我聰明許多的市部大概一下子就能想到結論了。

想當然，就算推翻老師的不在場證明，老師也不見得就是兇手。因為另一個嫌犯連不在場證明都沒有。只是這麼一來就無法否定鈴木的預言了。鈴木是真的知道一切嗎，抑或只知道老師的愛車是左駕的進口車呢。又或者如市部所說，能聽見被害人的聲音。

我無法判斷。

「開進口車一定會引起別人的嫉妒，所以老師千萬別開這輛車來學校喔。要開的話請開便宜一點的二手車。」

臨別之際，我先向老師道謝，再對滿臉笑容的老師提出忠告。這句話耗盡我全身的力氣。

我的心有很大一部分變成了石頭。

從前從前的情人節

1

「兇手是依那古朝美。」

神明在我——桑町淳面前如是說。

這是他第四次的神諭了。不同於前三次，這次是我沒聽過的名字。

「依那古……朝美……誰啊？」

「這種小事不會自己查嗎，如果你真想知道兇手是誰的話。」

十一月。微涼的風吹過，帶來晚秋的寒意。神明還是老樣子，以片葉不沾身的表情回答。

四周圍著又高又森嚴的墨綠色鐵絲網，一整面混凝土的屋頂經過風吹雨打，斑駁變色，十分煞風景。底下傳來學生們利用中午休息時間在操場上踢足壘球[14]的歡聲笑語。上次也是在這個屋頂上聽他宣布神諭。

「好吧，我會的，前提是你沒有騙我吧。」

我鍥而不捨地追問。

「你不相信我嗎？無所謂，相不相信是你的自由。」

鈴木四兩撥千金地說，優等生的面具一公分都沒有滑落。

鈴木說自己是神，實際上也讓班上同學見識過好幾次可以稱得上奇蹟的舉動。不僅如此，還在我們面前三度指出殺人兇手的名字。不過只有第一次罪證確鑿，另外兩次則無法確定真相為何，因為命案最後都往別的方向發展。

我一直認為鈴木不是神。我不是無神論者，但我怎麼也不覺得神明或佛祖會轉來跟我念同一班，還在我面前過著平凡的生活。如果是日本由來已久的八方神明就算了，但這傢伙言之鑿鑿地說自己是創造這個世界的一神教唯一的神。自己是只此一家別無分號、前無古人後無來者、至高無上的存在。

誰會相信這種鬼話啊。

但鈴木確實有某種特殊的能力，利用類似千里眼的超能力自稱神明。最好笑的是，班上有一半以上的同學居然都信了。

這也是我卡住的點。他雖然不是神，但能力是真的。而且還不是靈媒或偽裝成超能力者的魔術師，所以我對他的感覺十分矛盾。

14 結合壘球和足球的運動，以壘球的規則踢足球，用腳代替球棒，防守者可以徒手接球。

更麻煩的是他從來不會要求我一定要相信他。要是他強迫我相信他，我還能反抗，但他只是以退為進，總是壞心眼地告訴我兇手的名字，隨便我相不相信，絕不會踐踏我的價值觀。這大概是天賦異秉的人特有的從容自若。但這反而讓我更不能接受。

「別理他。」

我的兒時玩伴，同時也是久遠小學偵探團的團長市部始教訓過我好幾次了。「別聽他胡說八道」。我也知道市部說得很對，沒有特殊能力的人是要拿什麼去挑戰天賦異秉的人。

我下定決心，為了做個了斷，這是我第四次，也是最後一次問那傢伙。

殺死川合高夫的兇手是誰？

這是我問那傢伙的問題。

川合高夫是我的同班同學，去年情人節溺死在池塘裡，被判定為意外死亡。

「不是你聽過的名字，是不是很高興啊。」

鈴木露出了然於心的微笑，顯然猜透了我在想什麼。

這句話令我背脊為之一涼，像是冰刀刺進心臟裡。那傢伙真的知道嗎？還是看了我的表情要套我的話？

「要你管。」

我沒好氣地說，轉過身，踩著微微顫抖的腳步下樓。

鈴木說得沒錯，我確實很怕他說出某個名字。不，或許我其實希望他說出那個名字。因為案發之後有半年以上的時間，我都深信那個人就是兇手。

正因為如此，當他提出依那古朝美這個陌生的人名時，我驚訝之餘也鬆了一口氣。

事情發生在今年二月，鈴木還沒轉來這所學校以前，川合高夫向我告白了。

當時我和川合同班。川合住在隔壁鎮，但我們從一年級就在兩鎮合辦的地區會[15]上認識了。

川合雖然以沉默寡言、不苟言笑著稱，卻不至於陰沉。成績和體育都還不錯，外表也很普通。頂多就是個子矮了點，給人不會跑在前面，卻能從背後默默給予支持，性格沉穩、做事認真的印象。

15 日本以小學校區為單位成立的組織。

他上面有三個姊姊，是四姊弟的老么。父親一直想要有個繼承人，所以是父親盼了又盼的兒子，聽說還沒出生就已經取好高夫這個名字了。或許是嬌生慣養的關係，有幾分公子哥兒的儒雅氣質。

如果有需要當然會說話，但不管是在班上還是地區會上，我幾乎沒什麼跟他閒聊的記憶。對我而言，他就是一票男同學的其中之一，因此當他向我告白時，我一開始還以為他在耍我。一方面是我從沒把他當異性看過，另一方面這也是我第一次被男生告白。

「請在一週後的情人節給我答案。」川合看著地上，面紅耳赤地跑走了，跟平常落落大方的樣子判若兩人，反而給人滑稽的印象。

即使半信半疑，但因為他平常一板一眼的言行舉止，我傾向於相信他說的話。當然我沒有要接受他的意思，我打算拒絕。

所以我必須認真思考，好好回答，盡可能不要傷害他，別讓他太難過。有生以來第一次回覆別人的告白，我想破了頭，幾乎要發燒了。怪只怪當時太年輕。

三天後換赤目正紀向我告白。

赤目跟川合住在隔壁，生下來就是好朋友，不只旁人這麼認為，他們自己也這麼說。不同於正經八百的川合，赤目活潑好動，不喜歡讀書，但很擅長運動（充其是足球），臉長得跟猴子似的，硬要說的話，算是很有男子氣概的那種。很愛說話，不管對方是男生女生都一樣，所以我從以前就經常跟他聊天。當然，就跟川合一樣，我從來沒有把他視為異性。

而且赤目當時已經有女朋友了，跟赤目住同一個町，大赤目兩歲，名叫……我忘了。春天才在町內兒童會見過她，所以應該還住在這個町。

聽說川合與赤目不只是隔壁鄰居，生日也同一天，從生命初始就有一條神祕的線連著他們的好朋友，居然在短短四天內連續向我告白，就算是巧合也太巧了。當時的我就算這麼想也不奇怪吧，更別說赤目還有女朋友，就算我對他沒意思，打算拒絕他的告白，也不能忍受被愚弄。

赤目向我告白後，原本煩惱得不得了的答覆突然變得好沒有意義。如果是在班上被眾星拱月的班花新堂小夜子就算了（她從幼稚園就一天到晚被男生告白），問題是我何德何能啊。我不禁覺得為此有些沾沾自喜的自己好可恥。

到了情人節那一天。

傍晚，我依約前往盛田神社。從通往學校的路轉進一條巷子，爬上山腳下的石階，前面就是盛田神社。風乾的鳥居滿是裂痕，神社裡只有一座老朽的祠堂，基本上都沒人，周圍是鬱鬱蒼蒼的森林。甚至還繪聲繪影地流傳著丑時參拜[16]的謠言，一到傍晚就安靜得令人毛骨悚然。

學校的男生們偶爾會把這裡當成祕密基地來玩，但是大部分的男生都利用在這裡講話不用擔心被別人偷聽的優點，來這裡討論一些無聊的壞事。

爬到石階上，川合已經在鳥居下等我了。他的書包放在祠堂旁，神色很嚴肅，一看到我就迫不及待要我回覆。

「別開玩笑了。」

想也知道，我破口大罵，告訴他赤目也向我告白。

「真的假的！」

川合氣得眼珠子都要彈出來了。

「少裝蒜了，你們兩個聯手耍我吧。很好玩嗎？更別說赤目還有女朋友。」

「我沒有騙妳。我不知道赤目也向妳告白。」

川合的表情極為認真，但我已經無法相信這種鬼話了。

「萬一我接受你們的告白，你們一定會合起來嘲笑我吧？還是赤目同學現在正躲在哪裡偷看？」

鎮守神社的森林不僅深邃，樹幹還很粗，要躲一個小孩並非難事。眼下就能聽見枯葉沙沙作響，不曉得是人還是風，或是鼬鼠發出的聲音。

「並沒有！我是真的喜歡妳。」

話還沒說完，川合伸出右手一把抓住我的手，另一隻手則試圖攬過我的肩膀，把我的身體往他的方向拉。他的力氣好大，我嚇得全身發抖。

「放開我！」

我站穩腳步，拚命想甩開他的手。川合的力氣很大，但似乎恢復一點理智，突然放鬆了力氣。

「不要臉！我要跟你絕交。」

絕交這個字眼的意義對小學生非常重大。話剛說完，川合就跌坐在地上。我花幾秒鐘調整呼吸，冷冷地瞥了川合一眼，衝向石階。

「等一下！」

聲音從背後傳來。真難想像這麼窩囊的聲音是從沉默寡言又不苟言笑的川合口中發出來的。但我沒有回頭。當時我只有滿心的憤怒。

「赤目那傢伙，我饒不了他。」

---

16 凌晨一點到三點在神社的樹上釘稻草人，藉此咒殺憎恨之人的日本傳說。

當我衝到石階的中段，耳邊傳來這句話，這也是我聽川合說的最後一句話。

第二天一早，有人在池塘裡發現川合的屍體。

神社後面有座很深的池塘，川合掉進池塘裡淹死了。因為他晚上還不回家，父母很擔心，請警方協尋。和川合比較好的同學和級任老師前天晚上都接到川合爸媽的電話，引起不小的騷動。

池塘的四周雖然圍著高度及腰的柵欄，但是有很多空隙，也有小孩會鑽進去釣魚。學校當然禁止，但據說可以釣到很多魚。

因此當地的大人會定期巡邏，川合就是排到巡邏的那天早上，被住在附近的老爺爺發現的。

川合已變得冰冷，浮在水面上，旁邊沒有任何釣魚工具，只有放學時的書包。池邊留有滑落的痕跡，但沒有其他腳印（不過池邊雜草叢生，不容易留下腳印），也沒有外傷，所以當成意外結案。川合並非不會游泳，但因為是寒冷的大冬天，警方認為可能是冷得動彈不得。死亡時刻為傍晚五點到晚上十點之間，我和川合見面是五點前，所以可能我前腳剛走，川合後腳就發生意外了。

大家都想不通川合為什麼會獨自前往盛田神社。大家偶爾會一起去那裡玩，但那裡可不是一個人去會好玩的地方。

我很害怕，不敢告訴任何人我也在場。

萬一川合是因為被我甩掉才自殺，我該怎麼跟他家人說明才好呢。他們大概會恨死我、罵死我吧？那我太冤了。不只如此，最糟的情況是他們可能會懷疑跟川合發生口角的我。

池塘在神社後面，位置與石階正好相反。除了參道以外，也沒有任何路可以從神社過去。不管川合是基於什麼理由去後面的池塘，皆與我無關，我決定這麼說服自己。或許大家會覺得我很卑鄙，但當時我滿腦子只有保護自己的念頭。

幸好沒有人知道我跟川合見面的事——我沒說，川合也沒有告訴任何人——乍看之下與他沒什麼交集的我獨自在命案外圍抱著天大的祕密。

一個月後，我終於慢慢走出川合的死亡陰影時，赤目突然緊迫盯人地要我回覆他的告白。地點不是盛田神社，而是學校的屋頂上。赤目很喜歡屋頂，經常在屋頂上睡覺。

真不敢相信。

我告訴他川合也向我告白。

「嗯，我知道。因為高夫來問過我要怎麼告白。」

他一臉坦然地點頭說道。

「可是我也喜歡妳喔，但我沒告訴高夫……。所以我決定等那傢伙向妳告白後再跟妳告白，我認為這是最低限度的禮貌。」

「你不是已經有女朋友了嗎。」

「跟妳告白前就分手了。我可沒打算腳踏兩條船或給自己留退路喔，這是我最大的誠意。」

不見平常輕佻的表情，但他在講這些話的時候連眉毛都不挑一下，反而讓人覺得陰陽怪氣。

「或許我背叛了好朋友，但男生喜歡上一個女生是這麼十惡不赦的事嗎？」

「這個問題我無法回答你。而且川合同學才剛死，你也太好意思了。」

「那傢伙的死，我真的很遺憾。我們在同一家婦產科出生，真的是從出生的那一刻起就是好朋友了，我很傷心，所以為他守了一個月的喪。可是我不想在追女生的事情上輸給高夫，也不想放棄妳。正因為我們是好朋友，正因為我們是好對手，我才想贏過那傢伙。所以我想連同高夫的份給妳幸福……」

「所以個屁！就算你說得天花亂墜，我也不相信。」

我拚了命地拒絕，但赤目似乎不肯輕易放棄，死纏爛打一直想要說服我，最後——

「妳去了神社吧，高夫說妳情人節會回覆他。」

言下之意是說，如果妳跟我交往，我就不會告訴別人。說到這個份上，幾乎是威脅了。他完全沒有想到愛情不是占有，原本柔和的雙眼如同赤目這個名字，充滿血絲，幾乎要彈出來了。

「卑鄙小人！」

「為了喜歡的女生，我可以不擇手段。這有什麼好驚訝的？這很卑鄙嗎？」

赤目的眼睛愈瞪愈大，看得出來紅通通的眼眸深處隱含著頑固的衝動。類似殺意的殷紅……

這時，川合說的最後一句話在我腦中響起。

『赤目那傢伙，我饒不了他。』

難不成川合在那之後找赤目去神社？還是想知道我怎麼回答的赤目偷偷地跟在我們後面？結果兩人吵起來……

對照川合的行為舉止，這比受失戀所苦而自殺合理得多了。既然如此，眼前這個人……

「總之我絕對不要。」

我大叫著從屋頂上逃走。不同於川合，赤目什麼也沒說。

從那天起，我躲在被窩裡，發了一個禮拜的抖。

我該不會無意中知道真相了吧？赤目該不會來殺我滅口吧？我該向誰說才好？

但我沒有任何證據，只有我自己的心證。從客觀的角度來看，與川合在神社發生爭執的其實是我。

我不想再跟這兩個人扯上關係了。川合或許是真心的，赤目可能也是認真的，但事到如今，這一切都不重要了。肯定是川合先說要向我告白，赤目也不甘示弱。因為我是女生，才會成為他們搶奪的對象，莫名其妙被捲入兩個「好朋友」的較勁中。因為我是女生，才會吃到這種苦頭，我不想當女生了……

後來我一直拒絕上學，直到學期結束，我剪去了長髮。

我曾經很喜歡長髮，但還是毫不留戀地剪掉。而且不是剪成短髮，是比短髮更短的平頭，丟掉所有的裙子，改穿長褲。爸媽看到都傻眼了，什麼也說不出來。

新學期，我重新回到學校時，新同學都對我避之唯恐不及。這也難怪，畢竟我先是拒絕上學，又剪短頭髮，突然開始以男生的口吻說話，還有人說我「變成不良少女了」，問題是鄉下的小學五年級生能不良到哪裡去，但大家都相信了，嚇得不敢靠近我。

後來只剩和我一起長大的小夜子和市部始會擔心我、找我說話。我隨便編個理由告訴他們，我是因為崇拜當時流行的俄國女警電影才變成這樣。不知道他們相不相信，大概不相信吧。

不相信也沒關係。

最好誰都別理我。

編到另一班的赤目一眼就看出我的變化，再也沒接近過我。

眼前是一片只剩下黑白兩色的無聲世界，二月以前那個五顏六色的世界早已離我遠去。但這樣的世界反而更令我安心。我滿意地待在這個無聲的黑白世界裡。

封印了半年以上的苦澀記憶。

硬要解開封印是有理由的。

一是為了確認鈴木的能力。截至目前，他都只是答出發生在身邊的命案兇手，如果是他不知道的命案，我很好奇他會有什麼反應。他的能力、他的千里眼只能看穿即時發生在身邊的命案，還是能在什麼都沒有的狀態下找出過去的真相呢，我想試試他的本事。

但，這些都只是藉口吧。

我想利用那傢伙的力量找出真相。
我想請那傢伙幫我實現一個願望，做為與他撇清關係的代價。我認定是赤目殺死川合。但那只是我的心證，沒有任何確切的證據。我也知道自己的立場十分詭異，我不想回到過去，但是為了繼續往前走，希望能有更確切的證據。
鈴木說的話無法當成證據，赤目也不會因為鈴木說什麼就被逮捕，但至少能加強我的心證。反正我也沒打算公諸於世，只想抱著這個祕密進棺材。
如果鈴木不知道兇手是誰也無所謂。因為這樣就能知道他的能力有限，對我沒有任何壞處。我等於是立於不敗之地。
殊不知，殺死川合的人並不是赤目，而是依那古朝美這個我壓根兒不認識的女人。

＊

這是怎麼回事？
我硬生生吞下險些脫口而出的疑問，脫下毛衣，換上體操服。第五堂課是體育課，為了換衣服，教室裡只有女生。雖然不想當女生，但入鄉還是得隨俗。而且我更不想跟男生一起換衣服。

「妳一個人霸占鈴木同學到底想做什麼？」

換完衣服，三個總是圍著鈴木的女生質問我。三人都露出嫉妒的眼神，尤其是正中央的龜山，瞪著我的表情像我殺了她全家。有如千金大小姐的她是這群跟班的老大。

「霸占？我才沒有。」

我拉鈴木去屋頂上的時候大概被她們撞見了。如果我是男生，她們就不會用燃燒著嫉妒火焰的眼神看著我吧。

儘管我已經不想當女生了，周圍的人卻不放過我。她們似乎真以為我在屋頂上色誘鈴木。只要扯上那傢伙，所有的事情都會變得很不順。

我嘆了一口氣。

「桑町同學，妳最近總是纏著神明不放，為了實現願望，是不是使出了什麼美人計？」

一旁綁雙馬尾的女生自以為公道地說。她在男同學眼中是優雅、文靜的女生，體型很嬌小，但真正的聲音可不是這麼回事。

神明很吝嗇發揮自己的能力，不願意實現大家的願望。明明是自己要讓別人誤會的，還好意思抱怨「人類都誤會神了」。看在他的跟班眼中，這麼小氣巴拉的態度反而迷人，大家為了引起神明的注意無不使出渾身解數，似乎還締結了誰也不許偷跑的協定，每到下課時間，所有人都一起圍著鈴木。

「我沒有什麼願望要拜託他實現，因為我根本不相信他。」

騙人，我有事拜託他。但是既不用賣弄風情，也不用苦苦哀求，因為那傢伙為了找樂子，只會告訴我兇手的名字。

不過騙人就是騙人。因為心虛，我不由得此地無銀三百兩地說「我不相信他」。但「我不相信他」對她們而言反而是絕對不可以說出口的禁句。我心想這下慘了，只可惜為時已晚，跟班們全都橫眉豎眼地對我發脾氣。

「妳說什麼！怎麼可以不相信神明。」

龜山衝上來質問我，口水噴了我一臉。

「妳瞧不起神明嗎？我從以前就看不順眼妳總是一個人偷跑了！」

「妳想假裝無神論者引起神明的注意嗎？」

「各位同學，這裡有顆班上的不定時炸彈喔。」

她不僅對我破口大罵，似乎還想拉著別人一起罵我，正當我感到不知所措時——

「淳，關於昨天提到的甜點，我有話跟妳說。」

小夜子大聲地說，並抓住我的手，直接把我帶出教室，拉到樓梯口。

小夜子是我的兒時玩伴，也是班上男生的夢中情人，美得沒有一絲瑕疵，就連我也經常看得出神。川合他們為什麼不向小夜子告白呢，如果是經驗值比我多、交際手腕也比我高明的小夜子，或許就能巧妙地周旋在他們之間，不會像我這樣硬碰硬。不過也可能不是每個人都敢對班花出手吧。

「謝謝妳替我解圍。」

趁著四下無人，我老實地向她道謝。我從未跟小夜子討論過甜點。再說，我對甜點根本一點興趣也沒有，所以甜點只是藉口。跟班們則忙著東家長、西家短，還沒換衣服，而且她們有點怕小夜子。

「妳真的很沒用耶。」

小夜子目瞪口呆地雙手扠腰說。

「勸妳還是別跟鈴木同學走得太近比較好喔。」

耳邊傳來小夜子為我著想的忠告。

「我什麼也沒做啊。」

「少騙人了。我才不管那群女生怎麼想，但妳好像跟上次一樣，快要被擊垮了。」

我不清楚小夜子是否已察覺到我變了個人的理由，我們從來沒提過那件事。

「小夜子相信那傢伙嗎？」

「正因為不相信才這麼說啊，他的口才幾乎跟騙子沒兩樣了。」

有道理，小夜子很聰明。這麼說來，市部好像也說過鈴木是騙子。

「妳最近跟鈴木同學走得這麼近，其實是跟少年偵探團有關吧。」

她看透到哪個地步了？我暗自心驚。丸山的母親和美旗老師的事都不能隨便告訴別人。

「不是啦，只是剛好有事要跟體育股長討論。」

「所以呢，妳問了他什麼？最近好像沒有發生重大的案件。」

小夜子對我的解釋充耳不聞，從頭到尾貫徹大姊頭的態度問我。因為都被她說中了，所以才更難處理。

「我真的沒問他什麼啦。」

我用力搖頭，內心充滿撒謊的罪惡感。

「那就好。不要什麼事都憋在心裡，把自己搞崩潰喔。明明有好幾個選擇，卻只看見一個選擇的話實在太傻了。」

小夜子憂心忡忡地交代了好幾次，這才轉身離去。

小夜子是這世界上唯一站在我這邊的人也說不定，尤其是我剪短頭髮後。我非常感謝她，但也正因為如此，這次的事更不能告訴她。

＊

依那古這個姓氏很稀奇，也很特別，所以很容易記住，姓依那古的人想必也不多。換言之，不同於鎮上隨處可見的佐藤或鈴木，應該很容易找到。

我一回到家，馬上翻開市內的電話簿，但姓依那古的人家一戶也沒有。我順便又查了一下依職業分類的電話簿，結果還是一樣。最近因為隱私的問題，也有很多人拒絕登刊電話簿，所以依那古朝美大約有八成的可能性不住在市內。

我還查了學校的兒童名冊，同樣沒有人姓依那古。還以為不費吹灰之力就能找到，結果完全出乎我預料。

事情到這裡卡住了，我也沒有其他管道可以調查。上網搜尋或許能找到，但老爸不准我碰電腦，說是要等我上了國中才能解禁，所以只能明天再用久遠小學偵探團的電腦了。問題是要怎麼瞞過團長市部，想到就傷腦筋。

這時，我想起今年春天收到過住宅地圖的折頁廣告。雖然只有附近的地圖，但我還是拿出來研究。我瞪大雙眼，從西北方到東南方看了大約三十分鐘，結果只知這附近完全沒有姓依那古的人家。

書店應該有全市的住宅地圖，但是考慮到資訊量，不可能站在書店裡看完。總而言之，手邊的住宅地圖也包括盛田神社周邊，因此可以確定依那古朝美不是住在神社附近的人。當然，如果她前陣子才搬走就另當別論了。

「你認識姓依那古的人嗎？」

晚上，我不動聲色地問爸爸。

爸爸只想了一下就說：「好像沒有呢。」還接著問我：「妳問這個做什麼？」我回答：「沒什麼。」

我不認為鈴木會信口開河。不是因為我相信他。而是如果他要說謊，應該會說得更高明一點。

「依那古怎麼了？」

第二天放學後，我在偵探團位於兒童會室的總部用電腦時，市部從背後偷看我在做什麼。這傢伙很聰明，觀察力又敏銳，更麻煩的是還很雞婆。

「沒什麼……」

我擠出笑容，說出事先準備好的答案。

「是小夜子問我知不知道有一種叫依那古的日式點心。」

但市部仍對我投以狐疑的眼神。萬一他知道這個名字是鈴木告訴我的，大概會表現出比小夜子更排斥的反應吧。經過前面那幾個例子，市部對鈴木百般提防，無論如何都得避免他發現。

「可能是小夜子記錯了，你聽過嗎？」

我關掉電腦，表面上裝作若無其事，內心冷汗直流。我已經查完了，無論是用依那古朝美，還是用市名加依那古的關鍵字搜尋，什麼都沒撈到，再查下去也只是白費工夫。

「沒聽過。」市部搖頭。「話說回來，我對日式點心的名稱根本一無所知。」

「我想也是。」

我笑著走出兒童會室。說不定不是硬擠出來的笑容，而是真的笑臉。

總之能做的都做了。依那古朝美仍是一個謎，既然不是我們身邊的人，那也沒辦法。真相不會每次都那麼剛好出現在我們身邊。懷疑赤目那麼久，有點不好意思，感覺總算拔掉內心的一根刺。至少川合不是因我而死。

市部雙手扠腰，一臉莫名其妙地目送我離開。

然而，一週後就發生了晴天霹靂。

2

「我叫依那古雄一，請多多指教。」

轉來我們班的男生以爽朗的笑容自我介紹。他說自己是從熊本轉學過來。

皮膚雪白、個頭嬌小，以男生來說，五官比較中性秀氣，打扮成女生的話，或許誰也不會發現他是男生，乍看之下給人靠不住的印象，但他的長相不是重點。如果我沒問過神明，不管轉學生是何方神聖，我都不會在意。重點是他在黑板上用粉筆清清楚楚地寫下「依那古」這三個大字。

依那古……怎麼會突然冒出這個名字。

我瞥了鈴木一眼，鈴木視而不見，泰然自若地看著轉學生。

另一方面，市部正以嚴峻的眼神瞪著我。我假裝沒看見，內心驚慌失措。

依那古猝不及防地出現在我面前。我以茫然的視線捕捉轉學生的身影，拚命思考，當然想破頭也想不出個所以然來。

不知是幸還是不幸，我旁邊的座位是空的，自然變成依那古的座位。他還沒買齊教科書，所以我只好把桌子併在一起，給他看我的課本。

「喂，你是第一次來這個小鎮嗎？」

我小聲地問他。等到下課，班上那些好奇寶寶一定會圍著他問一堆問題吧，就像鈴木剛轉來的時候那樣，所以想知道的話只能現在問了。

「嗯。」

轉學生扭扭捏捏地回答，像個小女生似地點點頭。

「好難得啊，怎麼會從熊本搬來我們這種鄉下？」

「我媽的老朋友住在這裡，所以我媽決定讓我轉學過來。」

「你媽叫什麼名字？」

我的聲音很緊繃。

「朝美。有什麼問題嗎？」

依那古不解地側著頭，我連忙打馬虎眼：

「沒什麼，只是覺得依那古這個姓很特別，好像在哪裡聽過。」

依那古朝美……絕不是剛好同名同姓吧。我壓抑內心的動搖，向轉學生解釋。

或許已經習慣別人對自己的名字充滿好奇，依那古不疑有他地說：

「這樣啊。不過我媽說她也是第一次搬來這裡。」

「……那可能是另有其人吧。你們一直住在熊本嗎？」

「我在熊本出生、在熊本長大，看起來不像九州男兒對吧？這是遺傳，因為我爸也很瘦小。」

依那古聳聳肩，有氣無力地笑著回答。

「是噢，你像爸爸啊。因為你長得很可愛，我還以為你比較像媽媽。」

「可愛對九州男兒可不是一種讚美喔。不過我的長相確實比較像媽媽，經常有人說我們的眉眼一模一樣。」

他在提到「爸爸」和「媽媽」的時候，表情不太一樣。

「比起爸爸，你更喜歡媽媽啊。」

跟我相反，所以我不假思索地問道。

「因為我現在和媽媽相依為命。」

從他的回答不難聽出家裡有點狀況。

我誠心誠意地道歉：「對不起。」

「沒關係。我對爸爸沒什麼好的回憶。……謝謝妳跟我聊天，這是我第一次轉學，所以很緊張，妳解救了我。」

依那古笑逐顏開，在桌子底下要求與我握手。我悄悄地伸出右手。罪惡感從交握的手中蔓延到四肢百骸。回過神來，掌心裡都是汗。

「桑町，這是怎麼回事？果然跟鈴木有關吧。」

果不其然，市部一下課立刻抓住我的手，力氣大到幾乎要把我抓得瘀青了，態度當然也很強硬。他不由分說地把我拉到沒有其他人的樓梯口。

「……」

我無法承受市部幾乎要射穿我的視線，忍不住低下頭去。

「果然沒錯，妳問了那傢伙什麼，否則不會出現依那古這個名字……」

最近並沒有發生引人注目的事件，而他大概也沒想到是將近一年前的命案，所以一臉茫然的樣子。

「等稍微確定一點再告訴你。」

「……沒問題嗎，這麼一來受苦的可是妳自己喔。」

市部逼問我，臉上的表情與小夜子如出一轍。我知道他擔心我，可是……

「我知道。但現在這樣還無法確定什麼。」

我斬釘截鐵地拒絕他的好意，盡可能看著市部的眼睛回答。

原本應該是死於意外的川合其實是被殺死的，而且還是被今天剛轉學過來的依那古的母親殺死的，這種事可不能隨便亂說，就算是神明的胡言亂語也不行。

等到要說的那一刻，包括我一直懷疑赤目在內，就必須一五一十地交代清楚截至目前的來龍去脈。還有我變成這樣的前因後果……現在還說不出口，光是想起來就覺得胸口好痛。

「可是啊，光憑妳一個人能做什麼？」

「我可以！」

我淚眼朦朧地瞪著市部。這是我最不想聽到的話。他說得沒錯，我確實什麼也辦不到，只是像隻信鴿似的，將鈴木說的話轉述給偵探團。這次或許也什麼都做不到，但我不想放棄。

見我態度轉為強硬，市部似乎也發現自己說得太過分了。

「等到水落石出一定會告訴我吧。」

「嗯，我答應你。」

事到如今，遲早得告訴他了。我心裡有數。

市部露出不是很相信的表情，似乎打算暫時放過我了，鬆開一直抓住我的手。

「對了，妳找新堂商量過嗎？」

「……沒有。」我老實回答，市部只是臉色鐵青地點頭應了一聲「這樣啊」。

＊

依那古站在市郊的坡道前，指著眼前一望無際的住宅區中特別大的老房子說。

「我家住在那後面。」

氣派的茅草屋頂映入眼簾，四周是長長的圍牆。

一問之下才知道他們母子目前正寄住在朋友家的偏屋。他口中的朋友是母親大學時代的社團伙伴。朝美是岡山人，來東京念大學的時候認識依那古的父親，畢業後就馬上結婚，嫁去九州。

問他為什麼不回岡山的娘家，依那古說父母結婚時形同私奔，所以不好意思回去。目前正在進行離婚協議，等到結果出來以前暫時先待在這裡。

「所以可能還沒畢業又要轉學了，好不容易交到朋友了說。」

依那古說道，臉上浮現寂寞的笑容，而我卻無法回以得體的笑容。

總而言之，他們母子都是第一次來這裡，跟我上次問的結果一樣。問題是，如果是願意在需要幫助時把偏屋借給他們住的朋友，以前就算來朋友家玩過幾次也很正常，可能是不想讓人知道自己殺人的過往，才刻意抹去記憶。

「這麼說來，聽說下個月就是馬拉松大賽了。居然會在這種季節舉辦馬拉松大賽，好神奇啊。我以前住的地方，所有的小學都在二月中舉行馬拉松大賽。」

「隔壁的霞丘小學就是二月。我們以前也是二月，但是連著好幾年因為大雪停辦後，就改成十二月了。」

「原來如此，那就好好地跑一跑吧。」

依那古的音調莫名地高亢。正當我覺得不可思議時，他說：

「別看我這樣，我雖然瘦小，唯獨很會跑馬拉松。」

「真是人不可貌相啊。」

我坦率地表示佩服。我不擅長運動，馬拉松也是，雖然還不到用走的地步，但也只能以不值得驕傲的速度勉強跑到終點。

「這或許是我唯一擅長的運動項目了。從一年級開始，每年都能跑進全學年的前十名喔。只要跑在前十名以內，就能得到獎狀，這是我的驕傲。這所學校有獎狀嗎？」

「印象中沒有，不過會給所有人寫著名次的漂亮卡片喔。」

印有校徽的數字在月桂樹的包圍下，設計得十分精美，還會護貝以便於保存。

不過因為我的名次很後面，所以總是收著收著就不曉得收到哪裡去了。

「卡片啊……也好，聊勝於無，至少是可以留下來的東西。」

看樣子有沒有獎狀並不影響獎狀獵人的士氣。也對，如果我能跑進前十名，或許也會很珍惜那張卡片。

「那我先告辭了。」

我在下坡的地方與依那古道別。雖然繞了點遠路，可是知道依那古住在哪裡也算有所斬獲。我先在街上晃了一下，看準時間，偷偷轉身回到依那古家附近，可是圍牆實在太高了，完全看不見裡面，只能看到主屋的茅草屋頂頂端，占地十分寬敞，所以也幾乎聽不見聲音。

明知是白費力氣，我仍忍不住想把耳朵貼在圍牆上，可是突然就沒勁了，簡直是跟蹤狂嘛。表面上假裝是朋友，私底下鬼鬼祟祟探人隱私，我真是太低級了。就算是為了查明真相，任由自己變得這麼低級也實在窩囊。

受不了良心的苛責，正當我想轉身離去時，感覺背後有人，難不成被依那古發現了？

我有些驚慌，但背後的人並不是依那古，而是更意外的人物。是赤目。

「赤目……你怎麼會在這裡？」

我壓下差點驚聲尖叫的音量問他。我從春天就再也沒有跟赤目好好地說過話了。起初是我，後來赤目也決定與我保持距離。

「原因跟妳一樣。」

赤目得意洋洋地回答，不懷好意地一笑。

「也可以說是妳的錯。」

「什麼意思？」

「妳似乎忘了躺在屋頂上是我的興趣。」

赤目這句話令我恍然大悟。

「難不成……你聽見我和鈴木的對話了！」

「沒錯。」赤目點頭。「別那麼大聲，這裡不好說話，去那邊的兒童公園吧。」

赤目邊說就要抓住我的手，我不客氣地揮開他，但也同意「最好好好聊聊」。

幸好公園裡沒有其他人，如果在鞦韆旁邊，就算音量稍微大一點，也能放心交談。

「連我們班上都聽過神明的傳言，不過我完全沒發現妳認為高夫是被殺的。話說回來，高夫真的是被殺的嗎？」

「不知道，我沒有證據……只是隱隱約約有這種感覺。如果有據證的話，我早就告訴老師或警察了。」

我當然不敢說我一直在懷疑他。

「隱隱約約嗎……算了。」

赤目似乎有話想說，卻又吞了回去，只點了一、兩下頭。

「我記得以前也告訴過妳，我和高夫同一天在同一家醫院出生，也就是所謂的戰友。如果他是被殺的，我一定要為他報仇，我認為這是他留給我的使命。」

赤目說道，眼神比向我告白時認真得多。

「依那古朝美是來自熊本的那個轉學生的母親吧？」

「對。不過，鈴木說的話不一定是真的。」

被最不該聽到的傢伙聽到了，我非常後悔，當時怎麼沒有先檢查一下屋頂上有沒有人呢，我詛咒自己的粗心。可是……鈴木肯定注意到了。明知赤目也在場，明知赤目是川合的好朋友，卻還口無遮攔地說出兇手的名字，那傢伙的性格還是這麼惡劣。不過，現在先不管鈴木，當務之急是先應付好赤目。

「事到如今妳還在說什麼，如果不是神明，怎可能認識一週後才轉學過來的依那古。」

「又不是直到最後一刻才決定要轉學，說不定是之前來跟老師打招呼的時候被他知道了。」

我想盡辦法想說服他，但是就連我自己也覺得毫無說服力。或許是因為激動，赤目嘰嘰嘎嘎地搖響了鐵鏽斑斑的鞦韆。

「妳的意思是說，神明故意說謊騙妳嗎？這也太奇怪了吧，他為什麼要這麼做？」

「我不知道，他是個壞心眼的傢伙。」

「……妳不希望我調查這件事吧。」

被說中心事，我無言以對。我想撇開視線，但赤目始終不肯放過我。

「要不要跟我合作？」

赤目沒頭沒腦地說。

「妳擔心我橫衝直撞吧？放心，我不會。我知道在大人的世界裡，神明說的話根本沒有任何證據效力，當然也不會告訴別人。」

看來他是真的知道輕重，我鬆了一口氣。然後開始為自己一直小心眼地懷疑他充滿罪惡感。

「要不要跟我合作？」

赤目又問了一遍，這次還伸出手。

我只能接受。

赤目的掌心又濕又黏。

＊

赤目的行動力遠遠超過我。該說是如我所料嗎，他在精準打擊這點上，或許比市部還厲害也說不定。明明不同班，卻能夠兩三下就跟依那古混熟，甚至還約好週末去依那古家玩。

除了赤目和他們班的兩個男同學之外，還有我。

我早就知道赤目交遊廣闊，所以並不意外，但是他的同學大概會很疑惑怎麼我也在場吧。剛搬來沒多久的依那古自然不可能知道這些暗潮洶湧，還以為我們從以前就是好朋友。

先穿過庭院，前面才是依那古住的偏屋，與主屋用竹籬隔開，但獨立生活的設備一應俱全。只有兩房一廳，絕對稱不上寬敞，但也足以暫時收留這對母子了。而且從旁邊的側門就能出去，不用經過主屋，所以我們也是直接從側門進偏屋。

「才剛搬來，還沒有整理好，請多多包涵。」

依那古朝美笑著說，略顯羞赧地看著牆邊堆積如山的紙箱。她笑的時候，臉上浮現出迷人的酒窩，才三十二歲，還很年輕。看樣子是大學畢業後就馬上嫁人，生下依那古。正確地說，應該是先懷了依那古，也就是所謂的先上車後補票。

透過老朋友的居中牽線，朝美目前擔任某建設公司的行政人員。有一頭輕柔飄逸的及肩秀髮，看起來很溫柔，很有氣質，很適合淡妝。依那古的父親怎麼捨得跟這麼美麗的女人離婚，真是人在福中不知福。比起拋棄我和父親的母親，我有點羨慕依那古。

「不好意思啊，只有現成的東西。」

每個人面前都有一塊草莓蛋糕。那家市公所前的蛋糕店非常有名。

「可以的話，真想招待大家吃熊本的甜點。」

「媽媽很會做甜點，我以前的朋友都讚不絕口喔。」

和樂融融的氣氛下，我幾乎忘了她是殺死川合的兇手，是赤目的一句話將我拉回現實：

「這麼說來，我好像在哪裡見過伯母，您以前來過這裡嗎？」

吃完蛋糕，赤目不著痕跡地問她。

「我嗎？」朝美一頭霧水地反問。

「我記得好像是二月的時候。」

「你是不是認錯人了，我以前沒來過這裡。」

朝美一臉詫異地側著頭回答。

「這樣啊。因為您長得很漂亮，我應該不會記錯，印象中好像剛好是情人節的時候。」

赤目接著說，不動聲色地瞄了我一眼。但我跟赤目不一樣，我不擅長說謊，要是我輕易附和「我也看到了」，肯定馬上就會漏餡。

「情人節？絕不可能。」

膠著的氣氛中，依那古插嘴。他面向母親說：

「妳忘啦……那時候剛好在住院啊。」

「啊，我想起來了。」母親附和。「那段時間每天都要跑醫院探病呢，真是嚇壞我了，還以為動手術就能治好，沒想到開了兩次刀。」

母子兩人有說有笑地緬懷過去。半晌後，依那古轉而面向赤目說：

「情人節前一週得了急性盲腸炎，需要動手術，但是手術後的復原狀況不太好，結果住了半個月的院，每天都要探病……」

「因為探病時間有限制，實在很不通人情。」

「對呀，不過不管有沒有限制，爸爸只來過一次……」

依那古小聲地抱怨。我就坐在旁邊，假裝沒聽見。真不敢想像兒子都住院了，父親居然不去探視，那時候夫婦倆的愛情大概就已經冷卻了。

「這種事不值得拿來說嘴。」

朝美好像聽見了，罵了依那古一句。

「對不起……所以媽媽不可能來這裡喔，赤目同學看到的可能是剛好長得跟媽媽很像的人？不是都說世上有三個長得跟自己一模一樣的人嗎。」

「可是，如果這個鎮上有人長得跟我一模一樣，那也真是太神奇了。畢竟全世界只有三個長得跟自己一模一樣的人嘛。」

母親煞有其事地說，驚訝的語氣有幾分置身事外。聽到新的證詞，饒是赤目也無法打斷這個話題。

後來又東拉西扯地閒話家常一番後，赤目再試一次。

「這麼說來，您知道盛田神社嗎？」

「盛田神社？」

朝美側著頭，一臉第一次聽說的模樣。她表情很誠懇，看來不像戴著面具。

「橋對面的山腳下有一座神社。」其中一位同學不以為意地說。「三更半夜會有人去釘稻草人喔。」
「瞧你又把這種謠言說得好像自己看到似的。」
另一位同學要他不要亂講，換來他氣不過的抗議：
「因為我真的看過樹上有釘子的洞嘛。鄰居大哥哥還撿到掉在樹下的釘子。」
「只有釘子？稻草人呢？」
依那古一臉好奇寶寶地追問。
「我沒看到稻草人……」
「可是撿那種釘子回家沒問題嗎？」
「我也不知道。那個哥哥去年沒考上高中，正在準備重考，可能是因為釘子的關係吧。」
「一定是受到詛咒了，最好去拜拜喔。」
兩人異口同聲地說。
朝美只是默默地在後面聽他們說話。對「盛田神社」這四個字並沒有特別的反應。赤目的挑戰顯然又失敗了。
回家路上，與朋友們分開，剩下我和赤目的時候，赤目壓低音量對我說：

「我查過了，聽說依那古的父親跑去住在年輕情婦家裡，寄了離婚協議書給母親，但母親還不想離婚，死都不肯蓋章。」

「你居然能查到這些內幕。」

見我啞口無言，赤目得意洋洋地豎起大拇指。

「我從以前就很擅長跟喜歡嚼舌根的三姑六婆打交道。」

他臉上浮現出沾沾自喜的笑容。

「但如果是那樣，為何要從熊本搬來這裡？母親不是不打算離婚嗎。」

「因為父親自己外遇不說，還想同時擁有依那古的親權和監護權。母親當然不答應，可是又擔心父親那邊的親戚會找機會帶走雄一。在他們原本住的地方，只有母親是外人，沒有人站在她那邊。」

「所以才拜託大學時代的朋友，搬來這裡啊，聽起來好複雜。不過這麼一來，她以前或許真的沒有來過這裡。」

「根據屋主的左鄰右舍透露，好像真的是這樣沒錯。」

赤目臉上浮現束手無策的表情。

「那麼或許真的不關她的事。剛才她也說她每天都去醫院看依那古，這裡和熊本可不是當天就能來回的距離。」

「可是啊，說不定有什麼原因剛好空了一天沒去採病。如果半個月只有一天沒去，就算事後覺得每天都去也很正常不是嗎。」

「是嗎，不會反而記得有一天沒去嗎？」

說不定我真的被鈴木誆了，看到那對母子水乳交融的樣子，我不禁這麼想。或許該見好就收。

「那個，赤目……」

「桑町，妳相信神明說的話嗎？」

赤目似乎也對朝美就是兇手的說法開始產生不確定的想法。

「不相信，這我應該一開始就說過了。」

「是沒錯啦，抱歉、抱歉。……我還想問一個問題。」

「什麼問題？」

「我一直在想，妳到底期待神明給妳什麼樣的答案，雖然扯到依那古的母親是有點極端了，但也可能冒出陌生人的名字吧。」

「……」

「後來我一直在想，妳該不會期待聽到我的名字吧。」

我答不上來，但還是忍不住表現在臉上。

「我就知道。」

赤目似乎有些哀傷。

「那我也老實告訴妳好了。老實說……我也曾經懷疑過妳。」

「我嗎！」我大吃一驚，瞪著赤目。雖然心裡很清楚自己根本沒資格說別人。

「我懷疑妳是不是跟川合起了口角，把他推進池塘裡。」赤目有點不好意思地低著頭說。「所以我想保護妳，命案發生後，妳情緒低落了長達一個月吧。我告訴自己，就算人是妳殺的，我也要保護妳。可是後來妳剪掉頭髮，拒人於千里之外……我還擔心再這樣下去，妳會不會跑去當尼姑。」

赤目知道案發當天我和川合約在神社見面，所以就算懷疑我也是人之常情。

「桑町，我再問妳一次，妳要不要和我交往？」

「你、你在說什麼呀，都這個節骨眼了。」我打從心底嚇了一大跳。「這跟剛才討論的話題完全無關吧。」

「會嗎？我只是誠實地表達自己的心情罷了。在那之後，我一直沒交女朋友，既然我們心裡都有高夫，在一起又有什麼問題。」

赤目說道，一把抓住我的雙手，緊緊握住。或許是認真的程度有差，我無法像上次那樣輕易地甩開。

「等等，這是建立在我喜歡川合的前提下吧？」

「別在意這種小節嘛，高夫也在天國祝福我們喔。快點找到兇手，開始交往吧。」

他又開始自說自話。跟上次一樣，不曉得什麼時候打開了開關。我拚命抵抗想跟我牽手的赤目。

「喂，赤目，你在做什麼！」

騎著腳踏車經過的市部大聲說。

「你沒看到桑町不願意嗎。」

市部直接騎腳踏車撞上來，一口氣把赤目撞到一公尺外的草叢裡。

「沒事吧？」市部一腳踩在地上，朝狼狽萬分的我伸出手。

「呿！白馬王子嗎……」赤目站起來，忿忿不平地拍掉牛仔褲沾到的泥土。

「不過這王子也太醜了。桑町，妳考慮一下，我是真心的。」

赤目丟下這句話，搖搖晃晃地轉身離去。

「謝謝你救了我。」我向市部道謝。

「妳跟赤目的感情好好啊。」市部的眼神十分冷淡。

「才沒有這回事。」

「是嗎。」市部抱著胳膊，低頭看著我。「妳會跟赤目扯上關係，該不會跟川合的意外有關吧。」

線索已經如此齊全，顯然瞞不過他了。他大概把我的沉默視為默認。

「那不是意外，而是殺人命案嗎？」

就連市部也沒想到的樣子，震驚的表情反應在瞪大的雙眸裡。

「可是妳怎麼知道這件事？妳肯定懷疑川合不是死於意外，才會去問鈴木。」

他都知道這麼多了，再掙扎也沒用。而且他還救了我，我一五一十地告訴他。

「也就是說，依那古的母親是兇手，所以妳正和赤目聯手調查嗎？」

聽我說完，市部閉上雙眼一會兒，顯然是在整理思緒。

「就算那傢伙有不少前科，但這次實在很難相信呢。」

市部體貼地沒有揭我的瘡疤，我很感謝他。

「所以呢，妳打算繼續跟赤目一起調查嗎？」

「才不要。」我猛搖頭。「不關剛才的事，去依那古家時，我覺得他母親既沒有殺人，也沒有說謊。可能是我太天真了，但我再也不想假裝朋友，繼續欺騙依那古……我剛才正想告訴赤目這件事。」

聽到這裡，市部深深頷首，以父親般具有包容力的口吻說：

「我也覺得這樣比較好。妳不適合當偵探，而且妳大概也注意到了，神明的性格非常惡劣。」

3

後來又過了幾天。

再過幾天就是馬拉松大賽的星期三晚上七點過後，赤目打電話給我。從那天起，我就再也沒有見過赤目，只是單方面跟他說我要退出調查。

「今晚要不要來盛田神社？或許能知道真相是什麼喔。」

他先是以激動的語氣重覆「真相」二字，再苦苦哀求這是最後一次，所以我也只此一次、下不為例地答應他。原本就是我把赤目扯進來，必須盡我最後的義務。

我們約在深夜十二點三十分，非常不符合常識的時間。

相信這是最後一次，等父親睡著後，我悄悄地偷出家門。真是個不良少女。

走到參道前，赤目坐在石階上，手裡拿著ＬＥＤ手電筒，胸口掛著數位相機。

「這麼晚約我來這裡做什麼？我可以相信你嗎？」

隔著兩公尺左右的距離，我保持戒心地問他。

「別擔心啦，我很紳士的，絕不會做出上次那種野蠻的行為。我要解開高夫遇害的謎團，靠自己的實力讓妳愛上我。」赤目自信滿滿地放話。「先進去吧。」

赤目抬頭挺胸、昂首闊步地爬上石階。我忘了帶手電筒，幸好月光很亮，不需要手電筒。

走進神社，走向祠堂旁的大樹，繞到樹後面坐下來。

「這裡很適合藏身。」

我也無可奈何地在他旁邊坐下。不同於參道，樹木的枝葉遮住月光，變得很暗。寒風吹響了樹葉，感覺更加陰森。

「可以告訴我了吧，為什麼要來這裡？」

「昨晚總算被我抓到依那古朝美的狐狸尾巴了，所以今天要來蒐集證據。」

「你到底想說什麼？」

赤目用食指抵住我的嘴巴。

「等一下就知道了，正所謂百聞不如一見。不過妳要答應我一件事……不管看到什麼，都不可以發出聲音喔。」

從未見他這麼認真的表情，我不由得乖乖點頭。

大約經過二十分鐘，下方傳來停腳踏車的聲音，然後是爬上石階的腳步聲。

來人爬上參道後，腳步聲戛然而止。被月光照亮的朝美站在鳥居底下。

身上穿著有如死人般的白衣裳，手裡拿著鐵鎚和稻草人……。就連我也馬上知道她來做什麼。

丑時參拜。

鬼氣逼人的陰森表情說明了一切，上週看到那張溫柔有氣質的臉早已消失得無影無蹤。

朝美四下張望，確定沒有其他人後，走向祠堂後面。

沒多久，森林深處斷斷續續地傳來「哐——哐——」金屬撞擊的尖銳噪音，光聽聲音就知道她在釘釘子。

「怎麼回事？」

我看著赤目的臉。

「想必案發當天她也來過，在這裡撞見高夫。聽說丑時參拜的儀式如果詛咒時被別人看見，必須殺死看見自己的人，否則詛咒會報應在自己身上。」

赤目小聲地回答。

「可是依那古說她那陣子每天都去探病。」

「不是依那古說謊，就是他記錯了。因為依那古每年不是都會參加二月中旬的馬拉松大賽，而且得獎嗎？如果在情人節前一週動手術，而且手術的復原狀況不佳，住院兩週的話，絕對沒辦法參加馬拉松比賽，他可能記到白色情人節去了。」

這麼說來確實自相矛盾。

在我們交談的過程中，鐵鎚的聲音仍持續迴盪在森林裡。每次聽到釘釘子的聲音，我都覺得好害怕。

「妳待在這裡不要動。」赤目突然悶聲不響地站起來。

「你要去哪裡？」

「我決定了，我要為川合報仇，妳在這裡看著，我要讓妳愛上我。聽好了，在我跟妳打暗號之前，妳千萬不能離開這裡喔。」

赤目拿起相機，躡手躡腳地走向祠堂後面，就這麼消失在森林裡。不一會兒，相機的閃光燈在森林裡亮起。

藉由閃光燈的光線，從我的位置也能看見朝美，還有剛好釘在她頭部高度的稻草人。

赤目又對著回過頭來的朝美拍了一張照片。

「快逃！」

聽見暗號的同時，我朝石階狂奔。赤目也是。但祠堂旁邊有很多隆起的樹根，有的高達十公分。赤目不小心絆倒了。

我跑到石階附近時回頭看，急著想要站起來的赤目與撲向他的朝美映入眼簾。朝美舉起右手的鐵鎚，眼中充滿殺意，那是殺人犯忽忽如狂的眼神。

「危險！赤目，快閃開！」

但赤目來不及閃開。

朝美手起鎚落的同時，赤目悶住的叫聲縈繞在我耳邊，揮之不去。

「赤目！」

噴出的血令朝美一時有些不知所措，隨即她便用全身的力氣再度揮下鐵鎚。狠狠地敲了三下以後，赤目已經沒有任何反應了。朝美的視線轉向我。

快逃……快去求救……

可是我腿都軟了，跑不動。光要撐著鳥居站起來，就耗盡我全身的力氣。

「妳也看見了。」

朝美發出毫無感情，一點也不像是活人的聲音，一步步朝我走來。月光照亮朝美的臉，她的表情與死人無異。

「妳這個殺人兇手！」

我想放聲大喊，可是喉嚨好乾，發不出聲音來。就連想尖叫，聲帶也在緊要關頭罷工，當然腳也不聽使喚。

四公尺、三公尺、兩公尺……在我動彈不得時，朝美慢慢地離我愈來愈近。一公尺。朝美的呼吸、心跳聲連同血腥味一清二楚地傳入我耳中。

就在我坐以待斃，忍不住閉上雙眼時。

有個手裡拿著金屬球棒的男人從我背後衝進我與朝美之間，用力地揮舞球棒。球棒命中朝美的右手，發出骨頭碎裂的聲響，鐵鎚飛向遠方。

「趁現在，快逃！」

來人回頭，伴隨著我熟悉的聲音。是市部。

「市部……」我下意識地抱緊市部。

*

「昨天晚上，赤目死了……依那古朝美也全部坦承不諱。依那古今天被熊本的父親帶走了。」

市部來探病，順便告訴我事情的後續已經是三天後的事了。

市部說他從房裡看見我走在夜路上的身影，連忙拿著金屬球棒和父母的手機跟在我後面。我真是太粗心了，居然大搖大擺地經過市部家前，但粗心的結果救了我一命。

後來市部拖著我逃進附近的人家。他在那裡打電話報警並叫了救護車，我則是昏過去了。再次醒來的時候，人在自己家裡。父親憂心忡忡地看著我的臉。大概是整夜沒睡，臉上掛著濃濃的黑眼圈，父親只問我要不要緊，一句話也沒有罵我。

在那之後整整三天的時間，我一直躺在房裡睡覺。第二天一早，刑警來問我問題，我也盡我所能地回答。唯獨省略了鈴木的事，因為我不曉得該怎麼說才好。對赤目有點不好意思，但我說是因為赤目懷疑朝美，不確定警察是否全盤相信。

那麼依戀母親的依那古不要緊吧，而且還得回到那種父親身邊，這是我唯一掛心的事。

「聽說她得知盛田神社的傳說後，為了咒殺丈夫的情婦，開始丑時參拜。她似乎還深愛著丈夫，心想只要情婦死了，丈夫就會回到自己身邊。」

市部輕描淡寫地告訴我。我穿著睡衣，躺在床上。

「二月的時候也是來丑時參拜嗎？」

不料市部卻搖頭。

「這好像是她第一次丑時參拜。因為是你們去她家的時候，聽你們提到盛田神社的傳說，才動了這個念頭。」

「怎麼可能，川合不是朝美殺的嗎？」

「……這是鈴木說的吧。」

市部宛如悟道的禪僧，說著似是而非的話。我當然也有聽沒有懂。

「朝美二月沒有來過，這點是可以確定的。當時她正因為盲腸炎住院開刀。妳說赤目懷疑她，再加上她殺害赤目當時的狀況，警方也仔細地調查過她在川合去世時的不在場證明。」

「什麼？住院的不是依那古嗎。」

「好像是你們誤會了，住院的是朝美，依那古每天去看她。所以依那古完全可以參加馬拉松大賽。另外，妳和川合傍晚就分開了，丑時參拜則是深夜一點才開始，時間相差七個小時以上，而且川合身上沒有像妳這次的擦撞傷。如果有，應該就不會當成意外結案了。因此與丑時參拜無關。」

「也就是說，如果我們沒有提到盛田神社，朝美就不會對丑時參拜產生興趣，赤目也不會死了。」

「雖然很殘酷，但說穿了就是這樣。」

確實很殘酷。到底是哪裡出了差錯……我抓緊棉被。

「所以鈴木的神諭都是胡說八道嗎？」

「我也希望他是胡說八道。」市部再次給出禪僧般的回答。「……只不過，我們已經知道得太多，也流了太多血，無法再轉過身去假裝不知道。」

他以下定決心的表情凝視我。

「我起初也不明白，聽完妳說的話，我也以為跟丑時有關，但是得知她當時盲腸炎住院後，我的思考就暫時停止了。心想說不定是同名同姓的依那古朝美，或是鈴木搞錯……不過，因為赤目死了，我反而明白鈴木的用意了。」

「用意？」

「嗯，說是惡意也不為過。接下來的推理是建立在我們被鈴木玩弄於股掌間的前提下，請務必記住這個前提。假如鈴木說的沒錯，三天前在盛田神社被殺死的並不是赤目正紀，而是川合高夫。」

「什麼意思？」

話一出口，我就後悔了。第六感告訴我，不可以踏進接下來的領域，但已經來不及了，市部一股作氣地說：

「赤目與川合同一天在同一家婦產科出生，不小心抱錯了。」

「……你的意思是說，赤目是川合，而川合是赤目嗎。」

「如果相信鈴木說的話，就只有這個可能性了，再無其他。川合的父親從兒子出生前就為他取好名字，所以雖然後來取名為赤目正紀，但是在母親的子宮裡，或是出生的那一瞬間，他就已經是川合高夫了。然後是三天前，誠如鈴木所說，依那古朝美殺了川合高夫。」

「你的意思是說，那傢伙不是千里眼，而是預言家？」

正所謂垂死病中驚坐起，鈴木的惡意遠比我想像得更強烈。不，他根本樂在其中，是一個邪惡的神明。

我問鈴木兇手是誰，赤目在旁邊偷聽，對朝美打草驚蛇的結果，赤目，不對，川合就如鈴木所說的被朝美殺死了。因果關係整個顛倒過來。等等，該不會是那傢伙在操縱因果吧？

「因為那傢伙總是揚言神明超脫於因果之外。」

「那二月的兇手到底是誰？」

我問市部的聲音在顫抖。斷斷續續又難聽的聲音醜惡得不像是自己的聲音。

「我不知道川合，不，真正的赤目究竟是真的是死於意外，還是被人殺死。」

市部先以萬念俱灰的表情緩緩搖頭，再一臉嚴峻地逼問我：

「要再問那傢伙一次嗎？」

下巴抖個不停。我鑽進溫暖的被窩裡，想逃離這一切。

與比士對決

1

「兇手是比土優子。」

神明在我——桑町淳面前如是說。

我已經無法正確地想起自己當時是什麼表情了，一方面也是因為當時是在體育館後面的陰暗倉庫裡，陽光從鈴木背後的玻璃窗灑落進來，年底的陽光正好是逆光。

但最主要的原因是聽到她的名字時，腦中一片空白。因為比土是我很熟的人，同樣也是久遠小學偵探團的成員。

「比土優子……兇手真的是比土嗎!?」

我顫抖著聲線又問了一遍。明知答案不會改變，明知不可能得到別的答案。

……神明不會說謊。毫無疑問，在這樣的設定上，他不可能說錯。

果不其然，鈴木「就是她喔」地微微頷首。

「你不相信我嗎？」

明明在討論殺人命案，他的語氣卻很輕鬆，就像在聊昨天看的綜藝節目感想。

像是那個搞笑藝人從頭到尾都口齒不清耶，像是轉場時拍到誰誰誰不專心的樣子耶。

當然，他的態度一直都這麼輕鬆。畢竟人在神明眼中只是微不足道的存在，要是對每個人都感同身受還得了。

但我之所以能接受他這種態度，是因為以前被殺的人都是跟我八竿子扯不上關係的人，雖說兇手大部分都是朋友的家人，跟我依舊沒有直接的關係。

他這次指名道姓的兇手卻是比土本人，而且被害人……

「那當然！」

我大聲咆哮，高亢的聲音反射在混凝土裸露的牆壁上。這是我的真心話，也不完全是我的真心話。無論如何，我都控制不了自己的咆哮。因為我怎麼也無法輕易接受這種事。

「可是我也沒辦法，畢竟我說的都是事實。當然，相不相信是妳的自由。」

這傢伙明明說自己是神明，說自己全知全能，卻不強求凡人的信仰，也不說「妳相信我」。如果他強迫我相信他，我就能毫不猶豫地拒絕，這樣還比較幸福。

但鈴木只是繼續挑釁我，彷彿在考驗我的理性。

他的樣子才不是神明，簡直是惡魔。

鈴木以前曾經斬釘截鐵地說，世上沒有惡魔。還說惡魔是由人類軟弱的心靈產生出來的幻想。唯有神明，而且只有鈴木一個人是這個世界的真理。

「因為這個世界是我創造出來的嘛，我可不記得自己創造過惡魔這種無聊的東西。惡魔只不過是人類的自以為是，倘若惡魔擁有與我相近的能力，為什麼要特地接觸人類呢。」

「因為惡魔需要以人類的不幸為糧食？」

「人類的不幸有什麼好吸引人的，地球上只有人類以為自己的不幸很迷人。考慮到個體的生存率，蟲或魚等其他生物要來得不幸多了。好比曼波魚一次產下三億顆卵，只有兩、三隻能順利長大。換句話說，要成就一隻曼波魚，必須犧牲三億顆不幸的卵。只有以為不幸很了不起的人類會端出惡魔的名堂，好把自己的不幸推到惡魔頭上以博取同情，惡魔只存在於人類的意識裡。」

「問題是，比惡魔優秀的你不也特地降臨在人世間嗎，說不定惡魔也想打發時間啊。」

我指出他的語病。

「就算惡魔真的存在好了，為了打發時間才做壞事不是不符合惡魔的定義嗎？從這個角度來說，人類也好不到哪裡去。」

如果不是純粹的惡意，確實是這樣沒錯。畢竟在人類的世界裡，有力量的人也經常不以為意地欺負沒有力量的人。

「所以你才是惡魔嘛，你對我做的事根本是純粹的惡意。」

「我是神喔，因為惡魔無法創造世界，妳最好搞清楚正確的詞彙再來用。妳現在的行為就跟硬要說柴油車是電車、自走砲是戰車一樣，不太好喔。再說了，這個世界既沒有正義，也沒有惡意。這些概念只是人類為了方便過日子，自己想出來的。所以才會因為立場不同而發生衝突。」

絕對的神確實不需要配合人類的正義。

「原來如此。所以你明明是神，卻擺出惡魔的態度。」

「妳又扯惡魔這種便宜行事的詞彙了。不過妳能理解惡魔並不存在，我已經很欣慰了。」

神露出惡魔般的微笑。

……討論這種惡魔的話題時還比較歲月靜好。

事到如今，眼前這個自稱為神的男人對我來說與惡魔無異。管他什麼定義，都去吃屎吧。或許這個世界就是惡魔創造的，與其要我接受他說的事實，我寧願接受惡魔創世的信仰。

因為鈴木直指我們的同學比土就是兇手的命案被害人，是我的兒時玩伴，也是我的同班同學——新堂小夜子。

＊

小夜子上週四遇害。有人用金屬球棒朝她後腦勺敲了好幾下。根據我打聽到的小道消息，頭蓋骨有一半都凹陷了。也有人從明明小夜子已經斷氣，兇手還不依不饒繼續痛毆這點，研判兇手可能恨她入骨。

下午一點三十分發現她的遺體。當時我們剛打掃完教室，開始要上第五堂課的五分鐘前，就在打完預備鐘沒多久。

地點是視聽教室的操作室，視聽教室在另一棟稱為B棟的建築物裡。B棟有三層樓，裡頭主要都是特別教室，像是音樂教室及美勞教室、理化教室等等，由一樓的長廊與一般教室的建築物相連，長廊上方還有屋頂。

附帶一提，一般教室不在A棟，A棟在另一邊，同樣是三層樓的建築物，裡頭是教職員室和校長室、圖書室等等。借給久遠小學偵探團用的兒童會室也在A棟。

一般教室和A棟從一樓到三樓都由比較短的走廊相連。換句話說，一般教室蓋在A棟和B棟之間。A棟在學校的正面，B棟在學校的最裡面；操場和體育館、游泳池則是在這些校舍的旁邊，所以B棟後面只有隔開校區的圍籬，再過去就是鬱鬱蒼蒼的樹林了。或許是因為這樣，儘管B棟是後來才蓋的建築物，卻瀰漫著一股寂寥的氣息。

視聽教室在B棟的一樓角落，操場和體育館都在另一邊，所以說是位於全校最邊陲的地帶也不為過。大小跟普通的教室差不多，安裝著固定在地上的桌子、大電視、投影機和螢幕等器材，旁邊有個稱為操作室的小房間。

顧名思義是用來操作投影機等器材的房間，室內除了器材以外，還有一面很大的雙面鏡，可以看見視聽教室裡的樣子。

小夜子被發現時趴在狹窄的操作室地上，旁邊是沾滿鮮血的金屬球棒。

小夜子當時正獨自在操作室打掃。視聽教室由我們五年二班負責打掃，命案發生的前一週由小夜子的五組負責，男生負責拖視聽教室的地板、女生擦窗戶，分工合作。操作室不用拖地，只需要一個女生擦窗戶。不只五組，每組都這麼分配，在美旗老師的指導下進行，因此案發當時只有小夜子一個人在操作室擦窗戶。

下午一點十分開始打掃，小夜子一直待在操作室，所以只知道她是在一點半被發現之前的二十分鐘內遇害，無法確定更詳細的時間。

發現屍體的是與小夜子同組的四名五組同學。因為預備鐘響完，小夜子還沒回教室，他們去操作室叫她的時候發現了屍體，當時小夜子已經氣絕身亡。五組除了小夜子，還有五個人負責打掃視聽教室，其中一名同學一打鐘就立刻跑去上廁所，所以只有四個人看見小夜子的屍體。

視聽教室安裝了隔音設備，所以誰也沒聽見操作室的聲音。操作室有兩扇門，一扇通往視聽教室，另一扇通往走廊，因此兇手恐怕是直接從走廊進入操作室，殺害小夜子。

然而眼下沒有目擊者。因為座落在B棟最角落的視聽教室隔壁的操作室相當於校舍最角落的教室，旁邊是通往二樓的樓梯和通往外側的門口，可說是最適合在神不知、鬼不覺的情況下入侵的死角。再加上除了少部分特別奇怪的人，基本上大家都不喜歡打掃，所以注意力很散漫，不容易注意到走廊上的狀況。

另外，做為兇器的金屬球棒是裝飾在A棟通往屋頂上出口的海克力斯像手裡的金屬球棒，俗稱「海克力斯的棍棒」。

這座海克力斯像是以前曾經在久遠小學執教鞭的某位老師，大約在三十年前製作、捐給學校的雕像，幾乎有一個成人高，一直放在大門口。只可惜十年前，右手高舉的棍棒握柄斷了，上頭的棍棒不知所蹤。事情發生在春假，所以可能是畢業生的惡作劇，總之不知是誰幹的好事。製作雕像的老師已經退休搬到外縣市，聯絡不上，所以從此以後，海克力斯的棍棒一直處於折斷的狀態。只是棍棒少了一截的雕像實在不好看，所以就移到通往屋頂的出口了。

過了一年左右，這次不曉得是誰讓海克力斯的右手改握金屬球棒，用來代替不知去向的棍棒。說是這麼說，但棍棒的柄還在，所以只是硬生生地用封箱膠帶把球棒和海克力斯的右手捆在一起。

這次也不曉得是誰幹的好事，但海克力斯高舉金屬球棒的模樣意外地幽默，而且不突兀，所以老師們也就這樣放著，沒有拆掉。我上小學的時候，海克力斯已經與褪成銀色的球棒融為一體了。

「海克力斯的棍棒」原本是指那根球棒，可是到了我上小學時已經倒果為因，連普通的金屬球棒也叫作「海克力斯的棍棒」，可以說是久遠小學的行話。

只不過，這次用來殺害小夜子的兇器是「海克力斯的棍棒」本尊。

起初還以為案發地點在學校，行兇時間又只有二十分鐘，應該很快就能抓到兇手；也曾經樂觀地以為，從狀況來看很可能是仇殺，所以如果是小學生幹的，肯定馬上就能水落石出。

然而，根據家長是ＰＴＡ幹部，同為偵探團成員的丸山一平轉述的消息，因為沒有目擊者，案情陷入膠著狀態。另一方面，與學校有段距離的上學路上一個月前開始有可疑分子出沒，所以警方偵辦時也加入那條線。不過小夜子身上並沒有性侵的痕跡，加上兇器是A樓雕像的球棒，所以還是以校內的人最可疑。

學校開始要求我們結伴上下學、放學後早點回家，甚至提早一個小時，上完第五堂課就放學，上課時也有空堂的老師在走廊上巡邏。

感覺就像發布了戒嚴令。

視聽教室現在仍禁止進入，樓上的音樂教室也暫時禁止使用。因為曾有膽小的學生上課時聽見樓下傳來奇怪的聲音，嚇得魂不附體。

一個星期過去了……遲遲不見兇手落網的我開始沉不住氣，終於在命案發生的隔週四問了鈴木。

結果就是這個下場。

2

從體育倉庫回教室的路上，我的腳步十分沉重。

我低著頭走回校舍時，在走廊盡頭看見市部始的身影。他是偵探團的團長，特別聰明，也是我現在最不想遇見的人。但也來不及假裝沒看見，市部以飛快的速度朝我走來。

「桑町……妳該不會去問鈴木兇手是誰吧！」

還是那麼敏銳。

「沒有。」我反射性地否認，但很快又承認：「對啦。」因為我根本騙不過這傢伙。

「為什麼？妳不是答應過我，不要再跟鈴木扯上關係嗎？」

赤目死的時候，我大受打擊，在床上躺了好幾天，對前來探病的市部鄭重地發誓。市部也樂見其成，認為這是最好的方法。我很感謝市部在神社救了我一命，所以決定不再靠近鈴木。

當時我做夢也沒想到小夜子會死於非命。

小夜子遇害時，我還因為赤目之死的後遺症請假在家休息。赤目已經死了十幾天，我仍每天形同廢人躺在床上發呆，爸爸很擔心我，但什麼都沒有說。

直到星期四傍晚，我接到市部的電話，才知道小夜子出事了。

起初還以為是個惡劣的玩笑，明知市部不是會開這種玩笑的人也無法相信。不願相信。然而，隔壁小夜子家愈來愈喧嘩，到了晚上，爸爸一臉陰鬱地回來，告訴我這件事時，我才不得不面對現實。兩天後，我被帶去參加小夜子的葬禮，看到掛在金碧輝煌的祭壇上，小夜子笑得燦爛如花的遺照，我不得不接受小夜子真的已經死了，我再也見不到她的事實。

與此同時，心底湧出對殺死她的兇手無止盡的憎恨。

然後我擠出吃奶的力氣，重新回學校上課。起初我壓根兒沒想過要問鈴木，因為我相信警察很快就會抓到兇手，為小夜子報仇。

然而，一個星期過去了，案情沒有絲毫進展，我終於忍無可忍。一個星期在現實生活中的偵辦或許只是一瞬間。或許半個月後、一個月後，犯人就會落網。可是我既然已經嘗過鈴木這帖特效藥，再加上每天都必須看著小夜子插著鮮花的桌子上課，短短一個星期已經長得讓我感覺恍若隔世了。

星期四中午，我在還籠罩在命案陰影下的教室裡不經意地瞥了鈴木一眼。小夜子長得漂亮，性格又好，是班上的女神，男生女生都喜歡她，只有鈴木，只有他彷彿什麼事都沒發生過照常上課。

感到憤怒的同時，我內心也湧起一股不可思議的安全感，心想他果然跟我們這些正常人不一樣。

這時，鈴木突然轉身面向我，微微一笑，似乎知道我在看他。

或許是惡魔的微笑。與市部的約定從我的腦中消失得無影無蹤。只要問鈴木兇手是誰就好了……我已經對不知道兇手是誰的狀況失去耐心，離不開禁藥的運動選手或許就是這種心情。

結果就是這樣，他的答案非但沒拯救我，反而讓我感到更加飢渴，陷入藥物成癮的恐怖幻覺。

「遇害的是新堂，我能理解妳想知道真相的心情，但上次妳付出的慘痛代價應該足以讓妳認清那傢伙的本性了。」

這我當然知道。只可惜，已經太遲了。

「所以呢……那傢伙說了誰的名字？」

市部以嚴厲的語氣質問我，夕陽染紅他的身影。

我將嘴巴緊緊地抿成一條線，死都不肯回答。

鈴木過去幾次都指認偵探團成員的家人是兇手，非常難以置信，但確實有人真的被捕，也有人因此轉學，退出偵探團。

可是再怎麼說，以前頂多只是成員的家人，不是成員本人。關係還隔著一層。但鈴木這次直接指名比土本人，說偵探團的成員比土優子是殺死小夜子的兇手。

「該不會是我的名字吧？」

「是你幹的嗎！」

「怎麼可能。」

我的眼睛都要噴火了，市部連忙否認。

「我只是覺得如果是那傢伙，不是沒有可能這麼說。抱歉，我不該胡說八道。」

追根究底，市部並不相信鈴木的能力，從剛才的唇槍舌劍也能知道這點。正因為如此，我才不能告訴他。因為我不認為市部會對我說的話、鈴木說的話照單全收。

比土喜歡市部，至今似乎還是單戀，但比土從未掩飾自己的心意，所以市部也很清楚比土的心意。因此比土和市部之間已經形成比偵探團成員更深刻一點的情感。市部就是這種人，溫柔又善良，所以想必絕對不會認同我的話，只會變成夾心餅乾，左右為難。

「不好意思。還不能告訴你。」

我不假辭色地拒絕。

市部一臉苦惱地默默看著我。站在走廊上都能聽見操場那邊傳來兒童們放學時吱吱喳喳的聲音。

「我會說的，只是不是現在。」

我不知道市部會怎麼推測我的反應。他很敏銳，或許能正確地找出我藏起來的答案。我不確定。但他現在似乎認為再逼我也沒用。

「好吧，這次先放過妳，我會用我的方式調查。只不過……千萬別把自己逼得太緊喔，崩潰前一定要先告訴我。」

市部擠出勉強的微笑，轉過身去。這是我第一次看到他如此寂寥的背影。

＊

我到底該怎麼做才好……

獨自走在昏暗的走廊上，我自問，但無法自答。

假裝沒聽見鈴木說的話，就這麼不了了之？回歸日常？這我可做不到。如果是其他學生還有可能，但這次死的是小夜子。

不知道是不是基於從小一起長大的責任感，小夜子就像姊姊一樣，對我關懷備至，有時候則像難纏的小姑一樣囉哩叭嗦。發生過情人節那件事，我變了個人也讓她纏著我問了好多問題，老實說，我曾經很受不了她。

但我很清楚她所做的一切都是出於好意，所以我從未希望她從世界上消失，更不曾希望她被人殺死。而且那種腦袋被毆打好幾次，直到頭蓋骨凹進去的悲慘死法真的太不適合美麗又聰明的班花小夜子了。

我大概這輩子都無法忘記參加小夜子的葬禮時，她父母和哥哥哭腫的雙眼。

為了小夜子，為了她的家人，也為了我自己，我一定要找到兇手。

而且……我知道兇手的名字。

知道名字，可是沒有證據。只有鈴木那個「神明」說的話，證明不了任何事。

回過神來，我已經站在兒童會室前。因為兒童會長的好意，得以將兒童會室當成偵探團的總部使用。今天不用開兒童會，偵探團也沒有要集合，所以兒童會室裡應該沒有半個人。

但室內卻透出光線。推開門，只見比土獨自坐在長桌前，似乎正在算塔羅牌，果然很有電波少女的風格。桌上擺著一堆塔羅牌，比土手裡也拿著一張牌。

沒想到會在這裡與比土狹路相逢，我驚訝得下意識想直接關上打開的門。

但比土已經先發現我了。她將膚色白皙，有如戴著面具的臉轉向我，用沒有抑揚頓挫的音調對我說：

「是妳呀，桑町同學，有什麼事嗎？」

「沒事……」

我起初有些困惑，沒多久便想起眼前的人是殺人犯，內心隨即充滿與殺人犯共處一室的恐懼。

她留著烏黑柔亮的長髮，加上齊眉瀏海，外表像極了日本娃娃。另一方面，服裝則是走歌德蘿莉風，穿著荷葉邊輕飄飄的絲質襯衫和裙子，因為天氣漸涼，開始披上黑斗篷。這或許是電波少女自成一格的搭配。

我以前只覺得她的氣質很詭異，如今那股不可思議的氣質令我加倍恐懼。但也只是一瞬間，恐懼隨即換成面對殺死小夜子的人的憤怒。對我而言，憤怒似乎是比恐懼更強烈的情緒。

「我問妳喔。」

我下定決心，不偏不倚地走到她面前，隔著桌子單刀直入地問她：

「如果我弄錯了，我向妳道歉……小夜子是妳殺的嗎？」

「怎麼可能。」

比土手裡拿著塔羅牌，想也不想地否認。

「難不成是鈴木同學告訴妳的？」

她問了跟市部一樣的問題。根據過去的經驗，這是當然的推論……

「對，那傢伙篤定地說妳是兇手。」

我凝視著比土有如冰冷黑曜石的眼眸，老實回答。
「是嗎。」她也表情聞風不動地瞪回來。
「桑町同學，妳真的相信他是神明嗎？」比土犀利地質問我。
「我不知道。如果我知道，就不會問妳了。比起我，妳應該更知道那傢伙是何方神聖吧。」
「妳想從我口中套話嗎？」
比土皮笑肉不笑地揚起嘴角，聲音依舊低沉。
「我也不知道。只不過，或許不是他本人自稱的神明，而是完全相反的惡魔也說不定喔。」
「惡魔嗎……那傢伙揚言全世界只有一個神明，惡魔根本不存在。」
「確實很像他會說的話，實際上誰知道呢。或許神明與惡魔只差在會不會說謊而已。妳知道嗎？看在一神教的神明眼中，神＝善，所以人類沒有善惡的標準。」
「妳認為鈴木是惡魔嗎？」
「這就跟說謊者悖論是一樣的道理喔。如果要證明他是惡魔，就必須把神明帶來才行，名符其實惡魔的證明。」
比土輕聲地說，輕得就像在說別人的事一樣。反而是我覺得非常不可思議。

管他是神還是惡魔，不是人類的人、比人類更有力量的人就在自己身邊，她完全不會覺得受到威脅嗎？

我就很害怕。所以雖然也覺得鈴木是惡魔，又想相信他是神。因為如果他是惡魔，那我應該已經一腳站在懸崖外了。

「所以呢，妳真的沒有殺死小夜子嗎？」

我再問一遍。但她的回答跟剛才有一點點不太一樣。

「從一般人的角度來說，我沒有殺死她。」

「什麼意思？」

「我是詛咒了她，但是以現行的法律來說，這不算殺人吧。」

「詛咒她？」

這個字眼可不能聽聽就算了，我情不自禁地傾身向前，手臂撞到比土的手，她手中的塔羅牌掉在桌上。

塔羅牌翻到正面，是死神的卡片。

「沒錯，我在新堂同學遇害的前一天晚上詛咒了她。」

比土以融入夕陽餘暉的表情靜靜地回答。

「什麼意思！」

「就是字面上的意思啊。咒術引用自微奇古思咒術法典這本書，詳細的作法就算說給妳聽，妳也理解不了吧。」

「所以是妳的詛咒殺死了小夜子。」

「不用想得那麼荒唐無稽也沒關係喔。只要想成是我透過咒術，讓某人接收我的意念，替我殺死小夜子就行了。」

「妳的意思是說，有人替妳殺了小夜子……蠢斃了。」

我雖然否認，但如果以神明說的話為前提，就沒道理完全否定咒術的存在。

「可是妳為什麼要詛咒小夜子？」

「妳想知道嗎？」

比士目不轉睛地凝視我的雙眼。我們相對無言地沉默了好一會兒後，她終於開口了。

「因為她對我說了不該說的話。」

她的聲音活像復仇女神，冷酷無情。同一時間，風從外面吹進來，吹得兒童會室的窗戶卡答卡答地齊聲作響。

「她說了什麼不該說的話？」

我問她。

「那是上上禮拜的事了。原本要在操場上體育課，因為下了第一場雪，改到體育館上的時候，和她們班一起上課。她利用空檔找我去體育倉庫，要我放棄市部同學。」

「要妳放棄市部？」

「沒錯。她說市部同學喜歡妳，桑町同學，要我死了這條心。」

「小夜子居然這麼說！」

「對呀。」比土搖頭，露出打從心底感到厭煩的表情。「老實說，直到現在我也不明白她有什麼權利命令我。我只是喜歡著我喜歡的人而已。市部同學現在雖然長得很醜，只要整形，就能變成美男子，跟我在一起。我們的命運早已注定，就像行星受到牽引那樣，沒理由受到任何人的阻撓。」

比土始終冷靜的語氣稍微帶了點激情。

「她是班上的風雲人物，因此有些得意忘形也說不定，問題是她有什麼權利控制別人的感情。所以我問她，如果我不放棄，她又能怎樣。」

「小夜子怎麼說？」

「她威脅我要揭穿我的祕密。」

比土以低沉的嗓音回答。彷彿從地底湧出的奇妙聲音。

「祕密？」

「我可不會告訴妳是什麼祕密喔。因為那是只屬於我一個人的祕密。我準備帶進墳墓裡。」

「妳怕她揭穿妳的祕密，所以殺了她嗎？」

我粗聲粗氣地逼問她，一口氣拉近兩張臉的距離。

「妳靠得太近了，離我遠一點。」比土不悅地用手推開我。「……妳是聾子嗎？剛才我也說過，我沒殺她，我只是詛咒她，而且我也不怕她威脅。如果新堂同學想控制我的感情，那我就控制她的生死，如此而已，實際動手的另有其人。」

比土說的是真的嗎？我用懷疑的眼神看她。

「妳似乎不相信呢。無妨，我說了這麼多，妳可以去調查，查到妳滿意為止。還是妳又要找市部同學幫忙？」

比土以挑釁的視線瞪回來。我一直假裝沒發現，但不管我願不願意，我終究成了三角關係的一角，比土的嫉妒全都衝著我來。她的反應是理所當然的反應。

「……」

我咬緊牙關，頭也不回地離開兒童會室。因為再待下去，我可能會揍她。

怒氣在體內奔騰。但是本能告訴我，就算放任怒氣發洩也解決不了任何問題，一定要冷靜才行。

然而……她是為了激怒我，才故意說這些嗎？

不……比土似乎早就知道我在懷疑她。除非比土就是兇手，否則應該不可能有這種想法。

但，如果她是兇手，為何要告訴我動機？

思緒陷入死胡同。

「妳可以去調查」……比土是這麼挑釁我的。她大概對自己的手法很有信心吧。大概相信自己可以做到天衣無縫的犯罪吧。還是因為她真的使用了咒術呢。

總之只能展開調查了。我踩著大步，走在暮色低垂的走廊上，暗自發誓。

3

第二天的下課時間，我叫住栢植彌生和加太茅野。

她們和小夜子一樣，都是五組的學生，負責打掃視聽教室。也是發現小夜子屍體的兩位當事人。

「我有點事想請教妳們。」

她們原本正在討論剛出新歌的偶像團體，回過頭來，停止交談。我平常幾乎沒怎麼跟她們說過話，所以她們都詫異地看著我，但隨即想到應該是為了小夜子，畢竟她們也知道我與小夜子是兒時玩伴。

「妳想問什麼？」

我們走到充滿了冬天的空氣、沒有其他人的樓梯間後，柘植率先打破沉默。

柘植留著妹妹頭的髮型，個子比大部分的男生還高，我也必須抬頭看她。她經常和男生一起踢足球，有時還會跟男生吵架。

相較之下，加太就很嬌小，穿著很花稍，非常有女孩兒的樣子。我經常看到她下課時間與龜山千春一起圍著鈴木打轉，大概也是跟班之一。

因此加太看我的眼神十分尖銳。

過去為了找兇手，我曾經不只一次找鈴木私下說話，鈴木也不以為忤地應允，看在她們這些跟班眼中，這種行為似乎與偷跑無異。難免引起她們嫉妒，認為鈴木對我特別親切。不過除了敵意以外，我並未受到什麼具體的欺負，所以也沒特別放在心上。

「妳要問新堂同學的事吧，妳昨天好像也問過鈴木同學。」

加太紮著兩條馬尾，以充滿惡意的口吻說道。她們果然發現了，我明明已經很小心，還是躲不過跟班們的監視。

「對呀，但鈴木不肯告訴我。」我打馬虎眼。「所以想請教加太同學妳們，關於那天的事。」

想當然耳，兩人都沒給我好臉色看。大概是已經被老師及刑警問過無數次了，也可能是因為不願意再想起殺人命案的事，我能理解她們的心情，但也不能因此就摸摸鼻子走人。

「拜託，就當是為了小夜子，請告訴我。」

「好吧，如果只有幾個問題的話。」在我鍥而不捨地追問下，柘植先軟化。

「如果是為了新堂同學的話。」加太見狀也心不甘、情不願地跟進。

「我一直請假沒來上課，所以不是很清楚，上週小夜子都一個人在操作室擦窗戶嗎？」

雖然沒有確切的證據，但是既然沒有人看到兇手經過走廊，就表示兇手是從操作室旁邊的入口進入B棟。換句話說，兇手的目標打從一開始就鎖定小夜子，但答案出乎我的意料之外。

「不是喔，只是那天剛好輪到新堂同學。」

「對呀。」加太也用力點頭。「我們一向都是開始打掃才猜拳決定誰負責擦操作室的窗戶，妳們組不是嗎？」

「不是，操作室的窗戶一直是我擦的。」

聽見我的答案，加太一臉我就知道地嘆了口氣。

「算了，看在大家都是同學的份上，這部分就不深入研究了。總之，誰負責擦操作室的窗戶是當天猜拳決定的。」

「所以要等到開始打掃之後，才知道由誰負責擦操作室的窗戶嗎？」

「對呀，我記得那天是新堂同學第一次猜拳猜輸。因為星期一和星期三是我、星期二則是由彌生負責擦操作室的窗戶。這麼說來，上次輪到我們打掃視聽教室時，週一到週四都是我輸，只有週五輪到彌生。新堂同學好像很會猜拳。」

「也就是說，小夜子是那天剛好輸掉猜拳，而不是贏了卻自願去擦操作室的窗戶。」

我的問題想必很莫名其妙吧，兩人有一瞬間露出「妳在說什麼」的傻眼表情。

「這不是廢話嗎，誰也不想去操作室啊。我從週一一路輸到週四的時候感覺自己有夠倒楣的。」

「對吧？」加太望向身旁的柘植，柘植也苦笑著點頭附和：「或許吧。」

「不喜歡一個人打掃嗎？」

「也不是不喜歡。畢竟操作室不像理化教室，還有骸骨變成妖怪的謠言。」

「那是為什麼？」

「我想桑町同學可能無法理解，是擔心自己不在的時候，其他兩個人不曉得會怎麼說自己。」

我完全聽不懂。

「什麼意思？」

我問柘植，柘植跟剛才一樣，只是點點頭說：「或許吧。」

「其實也沒什麼。就只是覺得不太舒服，真的沒什麼，妳這種人或許永遠也不會有這種感受吧。」

總覺得她們好像在嘲笑我，但現在不是在乎這些雞毛蒜皮的時候。

「所以開始打掃時，小夜子一個人去了操作室，然後是預備鐘響後，發現了她的屍體，期間有什麼不尋常的聲音嗎？」

「我們也告訴老師和警察了，真的什麼都沒聽見。因為那間教室的隔音做得很好，而且妳也知道，打掃時會播放音樂。」

我同意柘植說的這點。打掃時，久遠小學會透過喇叭對全校的教室播放輕柔的古典音樂。音量不是很大，所以不會覺得吵雜，但如果只是細微的聲響，確實會被旋律蓋過。

「整個掃除時間，大家都一直待在視聽教室裡嗎？」

「男生也是喔。怎麼，這次開始懷疑我們嗎？」

加太大聲抗議。

「不是，我沒有這個意思，而且大家都有確切的不在場證明。」

「這種說法會引來誤會，勸妳不要這麼說比較好喔。」

柘植以說教的口吻教訓我，簡直跟小夜子沒兩樣。

「抱歉，是我錯了。」我老實地道歉。加太似乎還不肯放過我，甩著雙馬尾說：

「我知道妳和新堂同學是朋友，如果妳這麼想知道兇手是誰，只要施展慣用的美人計，再問鈴木同學一次就好啦，這次鈴木同學可能會告訴妳兇手的名字。還是要拜託心愛的市部同學？」

她那綿裡藏針的語氣讓我想起加太是鈴木的跟班。

美人計……我還以為這是離我最遠的一句話，沒想到看在旁人眼中竟是如此。

我大吃一驚。

「我沒有這種想法……」

千萬不能說鈴木已經告訴我了。否則她們可能會反過來追問兇手是誰，而且鈴木都告訴我了，我還展開調查的行為也意味著我不相信鈴木說的話。此舉可能會更加觸怒跟班們。

正當我不知該怎麼回答時。

「茅野，妳說得太過分了。」

柘植幫我說話。加太似乎也自覺失言，說了一句「對不起」。話是這麼說，但她仍惡狠狠地瞪了我一眼。

後來我也問了五組的男生，證實她們說的沒錯。

當時有三個男生，其中之一今天也沒來上學，與最早發現小夜子的兩個女生全都活蹦亂跳地來上課形成鮮明的對比。

女人很強悍。大概。但不是全部。

男生負責拖地。開始打掃時，兩個男生都親眼看到女生開始猜拳，由小夜子負責打掃操作室的過程。

小夜子猜拳輸了，搔搔頭說：「終於輪到我了。」但表情其實沒有嘴上說的那麼不情願地走向操作室。

當然，所有人做夢都想不到那句話竟然成為小夜子的最後一句話。

＊

中午休息時間，我去一班打聽。雖然一班是比土的班級，但我並不是去找她。毋寧說可以的話，我不想遇到她。

幸好比土不在教室裡。我鬆了一口氣，叫住站在門口的女生。女生起初一臉莫名其妙地看著我。

「妳是偵探團的桑町同學吧，來調查新堂同學的命案嗎？」

女生以伶俐的音調問我。

「嗯，差不多。」

「比土同學也是偵探團的成員呢，妳有事找她嗎？」

我立刻否認。

「比土是哪一組？」

「三組吧。」

「那我想請教三組的女生幾個問題。」

「雖然不知道妳想做什麼，等我一下喔。」女生點點頭，朝坐在窗邊胖胖的女生說：「美崎。」

她口中的美崎甩著三股辮走向我。

「美崎，桑町同學想問比土同學的事。」

「咦，比土同學的事？」

從她退避三舍的反應可以看出比土在班上的定位。但我也沒資格說別人就是了。

不過她似乎願意聽我說，所以我問了比土案發當天的不在場證明。

「打掃的時候？妳問這個做什麼？」

美崎側著有如樹幹般粗壯的脖子，對我拋出再自然不過的疑問。

「沒什麼特別的理由，只是想知道而已。」

可不能告訴她比土就是嫌犯，甚至是兇手。比土應該早就知道我會到處打聽吧，所以不怕她知道，可是讓班上同學或老師知道就不妙了。

因為如此一來就必須說明我為什麼懷疑比土，這麼一來就勢必得招出神明。天曉得鈴木會不會老實承認自己說的話，搞不好會變成是我個人的問題。說不定這正是比土的目的。

「也罷，無所謂。既然妳們都是少年偵探團的人，或許有什麼考量吧。」

一直以來的習慣讓我差點想要糾正不是少年偵探團，而是久遠小學偵探團，但是講了只會讓事情變得更複雜，所以我臨時踩剎車。

「我們負責打掃這間教室，比土在打掃結束前十分鐘拿垃圾去丟，打完預備鐘的時候就回來了。」

「十分鐘前，那就是一點二十分？沒錯吧？」

我又問了一遍，美崎點了點她那顆大頭。

「我看過牆上的時鐘，所以沒錯。我還覺得怎麼有點早呢，但比土同學不是會在走廊上奔跑的人，也不像男孩子會偷懶，平常都是打掃得很仔細，所以我就讓她去了。」

「那麼從開始打掃到去丟垃圾的這段時間，她都和大家一起打掃嗎？」

「對呀。因為是掃教室，開始的鐘聲響起時她就在了，我擦窗戶，比土同學擦桌子。」

美崎用如沐春風的語氣回答。

「總是由比土同學負責倒垃圾嗎？」

「不是，並沒有固定由誰負責。因為也不是每天都要倒垃圾，感覺比較像是當時誰有空，覺得垃圾已經堆滿了，看不下去的話就拿去丟。」

「也就是說，她整個中午休息時間都待在教室裡？」

「我也不確定。」美崎側著頭回答。起初被我叫住的女生也在一旁歪著脖子，沒多久，美崎壓低聲音問我：

「話說回來，妳從剛才就一直抓著發生命案的掃除時間問，難道比土同學有嫌疑嗎？」

「怎麼可能，偵探團的成員必須證明自己沒有涉案才能參與調查，所以我是來確認的。比土沒理由殺死小夜子吧。」

我隨便扯了個理由搪塞過去。

「好奇怪的規定啊。不過比土同學和新堂同學完全沒有交集，所以妳說的也沒錯。」

倒也不是完全沒有交集，但對方似乎被我說服了，顯然做夢也沒想到，眼前這個人就是她們的交集。

放學後，我拿著垃圾桶，從一班的教室跑到視聽教室前。五年一班在校舍的三樓邊邊，所以要先下到一樓。從穿廊過去實在太顯眼了，所以我經由沒什麼人會路過的捷徑前往B棟，從操作室旁邊的門進去，在操作室前停下腳步。現場還拉著封鎖線，無法進入室內，前後花了大約三分鐘的時間。

接著從這裡出去，前往A棟旁邊的垃圾場。垃圾場離操場很近，等於是視聽教室的相反邊。如果用四邊形把校舍圍起來，垃圾場與視聽教室剛好落在對角線的兩端。

從操作室到垃圾場花了六分鐘；從垃圾場回到一班的教室又花了四分鐘。

結果從教室經由操作室到垃圾場，再回到教室的移動時間共花了十三分鐘。

回來因為打了預備鐘，時間很明確，離開教室的時間也有人作證。比土只有十分鐘的空白時間，還少三分鐘。

也就是說，比土的不在場證明是成立的。

……所以她才那麼老神在在啊。

放學回家，我騎在腳踏車上，一整路都在思考。

如果柔弱的外表只是幌子，比土跑得非常快，或許能在十分鐘內搞定一切。

問題是，她的腳力有辦法快過我三分鐘嗎？

……再說了，如果是拚速度就能解決的問題，比土會那麼遊刃有餘嗎？

真的是比土的詛咒見效嗎？還是有什麼機關呢？

我差點在黃昏的大馬路上被卡車輾斃，司機朝我大按喇叭，還罵我三字經。

即便如此，我仍沉溺於思緒中。

4

根本不需要去倒垃圾。

那天晚上，我在浴室想到這個可能性。

垃圾桶滿了才要去倒垃圾。如果比土去倒垃圾的時候，垃圾桶裡幾乎沒什麼垃圾呢。

校舍後門有個大型的公共垃圾桶，測量時間的時候，我急著往外衝，差點在那裡跌倒，所以記得很清楚。如果只有少量的垃圾，可以倒在那裡，再把手裡的垃圾桶藏在附近，就能兩手空空地前往B棟的操作室。打掃時，後門附近沒有人，所以也不用擔心被人看見。殺死小夜子後再直接回教室就好了，根本不用去垃圾場。

這麼一來，來回只需要六分鐘。假設倒垃圾與藏垃圾桶花了一分鐘，也還有三分鐘可以在操作室行兇。

也就是說，比土的不在場證明不成立！

我忍不住在霧氣繚繞的浴室裡起立，擺出勝利姿勢，但馬上又注意到一點，垂頭喪氣地坐回浴缸。

假設比土事先偷走海克力斯像的球棒，一點二十分提著垃圾桶假裝要去垃圾場倒垃圾，途中拿起事先藏匿的兇器，鬼鬼祟祟地前往視聽教室的操作室。最近她都披著斗篷，可以把海克力斯的棍棒藏在斗篷裡，溜進操作室，殺死小夜子。

到這裡都沒問題。

問題在那之後。

那天決定由小夜子打掃操作室是開始打掃以後。換句話說，直到一點十分才決定由小夜子打掃操作室。

既然如此，比土要怎麼知道這件事？

*

週末我也一直在思考，但什麼也想不出來。

從五年一班的教室可以勉強看到B棟的走廊，可是看不到視聽教室或操作室裡的樣子。小夜子好像沒有經過走廊，直接從視聽教室進入操作室，所以從教室裡看不出由誰負責打掃操作室。

「有人打手機告訴她嗎？」

星期一的第二堂課，我在理化的課堂上想到這個可能性。

如果五組有共犯……就能輕易知道當時只有小夜子一個人。

決定由小夜子打掃操作室後，那個人再找機會用手機告訴比土，不需要通話，傳簡訊就能通知她。

不是不可能，比土是在開始打掃的十分鐘後才採取行動，只要在那之前通知她就行了。

但這會有個問題。

這個班上，尤其是五組，有人壞到願意配合比土殺害小夜子的邪惡計畫嗎？腦海中浮現出柘植及加太的臉。柘植就算了，加太處處針對我，確實有問題。話雖如此，但我實在不覺得她是那麼冷酷的人。當然，先別說美旗老師的事，我確實沒有看人的眼光……這麼說來，那起命案發生後，我再也沒有跟老師好好地說過話了。

這時，我想起來了，五組還有一個人一直請假。說不定共犯只是受比土之託，壓根兒沒想到會因此捲入殺人命案？

或許是事後才知道自己變成殺人共犯，為此感到恐懼與後悔，躲在家裡不敢出門。

誰請假沒來上課？我好像聽過那個人的名字，但想不起來。話說回來，我連班上同學的名字都記不全。下課再問柘植好了，然後再以「你只是被比士騙了，罪不在你」的理由說服對方。

上完無聊的理化課，我正打算站起來，市部跑來找我說話。

「喂，這陣子妳上課一直心不在焉，完全沒有在聽老師講解吧，還在想新堂的命案嗎？」

真的什麼都逃不過他的法眼。但我沒有回答，反而用目光尋找柘植的身影。柘植的座位在講台附近，正在和幾個朋友聊天。我順便瞥了加太一眼，她正和龜山她們圍著鈴木打轉。

兩者都不是現在能去搭訕的狀態。再說了，也不能當著市部的面大搖大擺地問她們。

「對呀。」我無奈地把視線拉回市部身上。「假設喔，只是假設。假設有人在不知情的情況下被利用，這樣共犯有罪嗎？」

如果不先確認有沒有罪就信口開河，等於是在欺騙對方。

我還以為自己已經說得很模糊了，市部還是一點就通。

「如果是被騙的話，大概沒有罪吧。不過很難證明自己不知情。我猜兇手與共犯間應該發生過各執一詞的爭論。……妳認為五組有人被兇手騙了，告訴兇手那天新堂自己一個人在操作室嗎？」

市部一針見血地直指問題核心。

「嗯。」我萬般無奈地承認。如果只是這樣，他應該還想不到比士身上。

「看來鈴木還是老樣子，只告訴妳兇手的名字呢。我也想到了這個可能性。因為如果要針對新堂本人，除非有人告訴兇手，否則兇手不可能知道新堂落單。」

市部提防著周圍的眼光，壓低聲線說。

「根據我的推理，可能是關告訴兇手的，但他又受不了良心呵責，所以把自己關在家裡。」

原來那傢伙姓關啊，晚點再來調查他的地址。

「可是啊……」不料市部又搖頭接著說。「這裡有個微妙的盲點。」

「微妙？」

市部說得支吾其詞，我忍不住追問。

「嗯，從擺在A樓屋頂出口的海克力斯像到視聽教室旁邊的操作室最快也要五分鐘，從操作室回到各教室則需要兩、三分鐘，加起來要七、八分鐘，這是以海克力斯像為起點，沒有學生分配到負責打掃A棟，所以等開始掃除才出發的話，得再花上兩、三分鐘，加起來至少超過十分鐘。而且這還是以用跑的方式計算，不同於教室所在的校舍，在有很多教職員的A棟奔跑的話，可能會被記住名字或長相，所以經過走廊勢必得放慢速度。而且纏住海克力斯像的封箱膠帶不只多，還很久了，可能需要更多時間才能解開。畢竟是用來固定金屬球棒那麼重的東西，而且還固定住那麼多年，膠帶量肯定不容小覷。不知是兇手沒帶刀子還是怎樣，總之留下與膠帶纏鬥許久的痕跡，看得出來是從邊緣一一撕開。再快也得花上五分鐘吧。這些全部加起來，至少要耗掉十五分鐘以上的打掃時間。殺人大概也要兩分鐘左右，掃除時間只有二十分鐘，等於幾乎占掉所有的時間……再說了，如果有人整個掃除時間都在打混摸魚，妳不覺得很明顯嗎？實際上，警方也滴水不漏地調查了這個部分，確定沒有這樣的人。」

「等一下！真的最少也要十五分鐘嗎？」

我問他，感覺快要喘不過氣來。

市部當然無從得知比土能自由行動的時間只有十分鐘，連十五分鐘都不到。

「喂，桑町。妳到底聽到了誰的名字？那傢伙能自由行動的時間比十五分鐘還短嗎？」

「十分鐘。」

我老實回答。想當然耳，我沒說起點是一班的教室。

「十分鐘的話，絕對不可能。」

市部斬釘截鐵地說，語氣篤定得一如太陽不可能從西邊升起。

「可是……只要事先拆下兇器，從這個教室只要三分鐘就能抵達操作室。」

誰規定一定要等到殺人的時候才取下兇器，甚至不用去通往屋頂的出口拿，只要事先偷來藏好就行了。

「不可能。」市部慢條斯理地搖頭，推翻我的假設。

「因為警衛每天放學後都會檢查屋頂的門有沒有鎖好，當然也會看到一旁的海克力斯像。直到星期三以前，海克力斯的棍棒都沒有任何異狀。」

我不知道這件事，簡直是晴天霹靂。

「換句話說，」市部接著解釋下去。「也可能是星期四開始打掃前拿出去的，可是開始打掃前誰也不曉得會由新堂負責打掃操作室。所以共犯如果要通知兇手，至少也得等到開始打掃再說。」

「也就是說……」

我看著市部的臉。

「至少不可能在十分鐘內犯案。」

我又陷入了混亂。

既然如此，比土要怎麼殺死小夜子？

回家路上，我想去找請假沒來上學的關，但他不願意見我，請我吃了閉門羹。

5

在那之後又過了兩天。

如果鈴木是共犯……腦中曾經閃過這個念頭，但我立刻甩開這個念頭。可能比土真的與命案無關，一切都是鈴木與比土串通好騙我的鬧劇，為了整我。

但，應該不至於吧。雖然只是我的直覺，沒有任何證據，但一定是真的。

既然那傢伙是神明，既然那傢伙自稱為神，就算比土提出要演這一齣鬧劇，鈴木應該也不會隨之起舞。畢竟鈴木過去都用真實那把刀把我砍得遍體鱗傷。

搞到最後，我甚至希望這件事打從一開始就沒有發生過，我已經走投無路了。

終於來到最可怕的瞬間。
「妳該不會是在懷疑比土吧。」
我的腦袋不靈光，早知道像這樣走一步算一步地調查遲早會被市部看破手腳，只是沒想到這麼快。
他用男生的臂力把我拖進偵探團的總部。
「是鈴木說的吧，說比土是兇手。」
「對呀。」
我面無表情地承認。
「所以妳在追查比土的不在場證明。」
「對呀。」
「動機是什麼？比土為什麼要殺死新堂？」
「比土好像有什麼把柄在小夜子手上，小夜子用那個祕密威脅她。我不曉得那是什麼祕密，但比土自己也承認，她想殺死小夜子。」
「不是鈴木，而是比土嗎！」
聽到這裡，市部似乎也大為震驚。
「妳說比土對新堂懷有殺意？」

「沒錯。她還說她打算用微奇古思還是什麼的咒術殺死小夜子，然後小夜子就死了。」

「但比土並未承認她親手殺死新堂吧。」

市部臉上浮現出鬆了一口氣的表情。雖然只有一瞬間，但他的態度令我火冒三丈。

「但我不相信比土說的話，當然也沒有全盤相信鈴木說的話。只是假設真如鈴木所說，比土是兇手的話，我就要查清楚比土可不可能犯案。」

「好危險的遊戲啊……在我看來，只覺得妳完全被鈴木洗腦了。」

「或許吧。」

我沒有否認。反正我們已經玩過好幾次這麼危險的遊戲了。

「或許自從小夜子遇害，我就不正常了。但只要搞清楚人是不是比土殺的，或是抓到別的兇手，我應該就能恢復正常。所以我正在追查。」

「比土知道這件事嗎？」

「當然知道，否則她怎麼會告訴我動機。」

「可惡！」市部難得流露出情緒化的那一面。「妳和比土到底在想什麼呀，那傢伙明明不可能犯案，偏要挑釁妳。」

「你憑什麼說她不可能犯案？」

市部的篤定發言終於引起我的反感。

「那有什麼，既然知道妳在懷疑比土，我當然也調查了一番。」

「動作真快啊。」

「因為我是團長嘛，怎麼能眼睜睜地看著團員之間產生矛盾卻不處理呢。」

真是好學生會說的話。

「所以呢，你憑什麼說她不可能犯案。」

「原因妳也很清楚吧。」市部彷彿看穿一切地說。「比土直到一點二十分都待在教室裡。而且三十分就回來了。可是從教室到A棟的海克力斯像去拿兇器，再前往視聽教室，最後還要再回到教室，十分鐘根本不夠。上次也說過，至少要十五分鐘。當然也可以事先偷走兇器，但這麼一來必須在開始掃除前就知道新堂負責打掃操作室，可除了神明以外，沒有人能事先知道這件事，就算比土有預知能力，有辦法事先知道好了，這麼一來或許真能預知新堂那天負責打掃操作室，可是一旦扯到預知能力，不就意味著她也可以用詛咒殺死新堂嗎。」

「你的意思是說，比土無法用一般的方法殺死小夜子嗎。」

「是的。」

市部語重心長地點頭。

「可是……就算星期四白忙一場，也還有星期五啊。小夜子依然有三分之一的可能性負責打掃操作室，比土有兩次機會。」

這次不行，下次換別的方法就好了。真正動手殺人之前，想重來幾次都可以，只是比土第一次就賭贏了。雖然有幾分牽強，但這是我所能想到的假設。

「妳是指賭一把機率嗎……不可能。妳已經忘了嗎，不久前赤目被殺的事，妳不也因為這樣請假嗎。」

市部以堅若磐石的眼神定定地看著我。

「不是只有妳受到打擊，全校師生都還處於驚魂未定的狀態。妳認為在這種情況下，就算只是惡作劇，有人偷走金屬球棒的話，老師們會有什麼反應？而且還不是球或手套，而是能輕易致人於死地的金屬球棒，大家一定會想起赤目的死，比平常更風聲鶴唳吧。所以就算週四什麼也沒發生，週五應該也會充滿肅殺之氣。老師們大概不惜翻遍整座校園也要找出球棒。換言之，兇手必須在偷走球棒當天就分出個勝負，所以除非弄清楚新堂的動向，否則不能輕舉妄動。」

「不僅如此，」市部一口氣倒水似地說到這裡，又接著說：「如果兇手想賭機率，應該會選星期一，而不是星期四偷走球棒。因為星期四才偷的話，就只剩下兩天能動手殺人。一減三分之二乘以三分之二，機率為九分之五，換句話說，新堂負責打掃操作室的機率只有一半再多一點，這個機率未免也太低了。打掃的工作每週都會更新，所以隔週將改由別班負責打掃操作室。週一有五天機會，一減三分之二乘以三分之二乘以三分之二乘以三分之二，由新堂負責打掃操作室的機率高達九成。實際上，兇手直到一個星期都過了一半的星期四才偷走兇器，除了早就知道星期四將由新堂負責打掃操作室之外沒有別的可能性。所以不可能是比土。」

市部說的話非常具有說服力，我的理智完全懂他在說什麼。這幾天我也絞盡腦汁地思考，但怎麼也想不出可以將答案導到比土身上的方程式。

「可是鈴木說比土就是兇手。」

「鈴木、鈴木、鈴木。妳相信那傢伙還是相信我！現在就選邊站！」

市部用力跺腳，大聲叫嚷，好久沒看到這麼感情用事的市部了。

「別搞錯了！」我也不甘示弱地吼回去。「我現在沒空跟你討論選邊站這種窮極無聊的問題，我只想為小夜子主持公道。如果能為小夜子報仇，就算是惡魔的耳語，我也願意傾聽。」

談判破裂。我氣沖沖地轉身背對市部，走出冰冷的兒童會室。

沒想到比土就站在走廊上。顯然一直在門外偷聽。

「辛苦妳了。」

擦身而過的瞬間，比土用只有我聽得見的音量輕聲說道。

總是面無表情，有如戴著面具的比土，唯有那一瞬間，嘴角噙著一抹笑意。

6

「妳今天也來啦。那孩子一定很開心。」

我朝佛壇合掌膜拜，小夜子的母親有氣無力地微微一笑。她長得很像小夜子，身形纖瘦，長相甜美。可惜現在哭紅了雙眼，憔悴得令人心疼。

「可是也不用勉強喔，萬一妳病倒了，小夜子也會很傷心的。」

或許是看到我臉上浮現的疲憊，小夜子的母親憂心忡忡地安慰我。她肯定想不到我正在抓兇手吧，只是直覺地感受到我為了小夜子過於努力。

「沒事，我很有精神。」

我對身體用力，強調自己很有體力之後說：

「這麼說來，小夜子可曾跟伯母說過什麼關於比土同學的事？」

我決定暫時跳過手法，直接從動機，也就是比土的祕密進攻。這個問題是我想了半天的結果。

「比土同學？」

小夜子的母親不解地側著頭。

「五年一班的女生，名字叫比土優子。」

即使說出全名，小夜子的母親仍一臉丈二金剛摸不著頭腦的樣子。

「不好意思，那位比土同學有什麼問題嗎？」

「沒有，只是聽說她在命案稍早之前跟小夜子吵過架，緊接著就發生了這件憾事，所以她一直耿耿於懷。」

我滔滔不絕地講出事先準備好的藉口。小夜子的母親似乎信了我的鬼話，細細的柳眉倒豎成八字眉。

「這樣啊，我什麼也沒聽說。不過請妳轉告比土同學，請她不要放在心上，否則小夜子地下有知會很難過的。」

「好的……」

雖說是為了調查真相，可是欺騙小夜子的母親還是令我心情沉重。這麼一來就能確定小夜子不曾向家人提過比土的名字。是那麼嚴重的祕密嗎？

我不經意地望向窗外，開始飄雪了。

「小淳，妳喜歡雪人吧。」

小夜子的母親喃喃自語。怎麼突然提到這個？我驚訝地詢問緣由。

「小夜子說的喔。三週前，不是有一天積了雪嗎，小夜子說她想為妳堆雪人，說妳如果看到巨大的雪人，一定能打起精神來，因為那時妳還在請假。」

「……嗯，我喜歡雪人。」

我想起來了，低年級的時候，我們曾經滿頭大汗地堆了一個幾乎跟自己一樣高的雪人。

只不過，這陣子我一直拉上窗簾，連下過雪都不知道，只依稀記得好像有一、兩天比平常冷。

但我不記得小夜子帶雪人來看過我。見我一臉迷惘，小夜子的母親解釋：

「因為小夜子也感冒請假了。所以我要她答應我乖乖躺在床上休息，要是太勉強，導致感冒惡化就糟了……難得下了第一場雪，小夜子似乎很遺憾，結果只有那天下雪。早知如此，就算感冒會惡化，也應該讓她堆雪人。」

小夜子的母親忍了半天，似乎再也繃不住了，說著說著流下淚來。

差不多該走了。我彎腰駝背、腳步蹣跚地走出小夜子家。

「小淳，妳也要快點振作起來喔。」

背後傳來小夜子母親的叮嚀。我明明是來安慰她的，真是本末倒置。心情愈來愈沉重了。

＊

關上鐵欄杆的門，有兩個小男孩在細雪紛飛的家門口吵架。我認得那兩張臉，分別是附近的一年級小鬼和二年級小鬼。

「不是啦，你什麼都不知道嘛，是地球繞著太陽轉。」

二年級小鬼洋洋得意地說，但一年級小鬼顯然很不服氣。

「才怪！是太陽繞著地球轉，因為老師是這麼說的。老師才不會說謊。」

「你說什麼！你是說我錯了嗎。」

體力占優勢的二年級小鬼氣急敗壞地想用蠻力逼一年級屈服，所以我忍不住擠進兩人之間。如果是其他地方我就不管了，但是在我家門口吵架實在很礙眼。

「那姊姊站在哪一邊？妳認為哪種說法才是對的？」

兩張吵得面紅耳赤的小臉不約而同地轉向我。

「我認為是地球繞著太陽轉動。」

我想也不想地回答。

「可是老師說……」一年級小鬼抗議。「看吧，我才是對的。」二年級小鬼得意地說。兩人的立場一下子明暗分明。

「因為解釋起來過於複雜，一次記不了那麼多，所以一年級是這麼教的沒錯。可是升上二年級就得學會地球繞著太陽轉等正確的知識。」

一年級只知道太陽從東方升起、往西方下沉。理化的教科書上也有以地球為中心，太陽隨季節改變軌道，圍繞著地球轉動的圖。到了二年級，當老師教我們其實是地球圍著太陽轉時，就像字面上的意思，感覺天地整個顛倒過來了。因為每天看到的自然現象一口氣倒果為因。感覺過去一直覺得腳踏實地，令人放心的地面突然變得不穩定起來。

當世人開始傾向於地動說時，過去始終信奉天動說的人大概就是這種心情吧。我甚至感慨良深地想像起遙遠異國人的心情。

「我二年級得知真相的時候也大吃一驚喔。因為跟我以前相信的完全不一樣。所以你升上二年級也會知道真相，現在先忍耐一下。」

兩人似乎被我說服了，這次異口同聲地說：

「姊姊，妳明明是女生，卻打扮成男生，真是太奇怪了。妳是人妖、人妖！」

枉費我好心當和事佬，居然翻臉不認人地聯合起來取笑我。這就是所謂的恩將仇報嗎。

「你們要罵我人妖也無所謂，但這時應該說是女扮男裝喔。」

我丟下這句話，走進家門，「砰！」地一聲用力甩上玄關門。

全身都在抖。站也站不住。不由自主地在門口蹲下來。

好想吐。

但不是因為他們說的難聽話。

而是我發現了。

比土的祕密。

地球的公轉。

7

「比土。」

隔天，我在只有我們兩個人的兒童會室問她。室內沒有開燈，只有夕陽照射進來的微光。比土正在桌上玩塔羅牌。

上學路的變態抓到了，教室裡今天早上都在討論這個話題。全校籠罩在安心的氣氛下，認為變態要不了多久就會招供自己是殺害小夜子的兇手，只有一個人，只有我不這麼認為。

「比土。」

我又喊了她一聲，語氣比剛才強硬了點。至此，比土總算放下手中的塔羅牌。

「根本沒什麼祕密吧。」

「……」

「小夜子根本沒有威脅妳吧，一切都是妳自導自演吧。」

「怎麼說？」

雪白的面具轉向我，音調沒有一絲情緒。

「妳說妳三週前，下了第一場雪那天受到小夜子的威脅。可是那天小夜子感冒，請假沒來上課喔。也就是說，這一切都是妳胡謅的，小夜子根本沒有威脅妳。」

「是嗎……真可惜。我似乎說了太多沒必要的話。」

她還十分從容自若。我握緊拳頭。

「我一直想不通，妳為什麼要告訴我妳對小夜子懷有殺意，明知這樣只會讓我更懷疑妳，畢竟我沒有完全相信鈴木說的話。更何況妳與小夜子之間也沒有顯著的交集，所以只要妳死不認帳，我反而會懷疑是鈴木在胡說八道也說不定。可是妳卻故意告訴我，因為有殺死小夜子的動機對妳比較有利，事實上，妳對小夜子漠不關心到連她感冒請假都不知道。」

「所以妳的意思是說，我沒有動機就殺了新堂同學，我是殺人魔嗎。」

「沒錯，對妳而言，只要是那天待在操作室的人，不管是誰都可以，不管是小夜子，還是柘植或加太都好，通常只有一個人負責擦操作室的窗戶，是很適合躡手躡腳溜進去，從背後撲殺對方的情境。而且基本上都是猜拳決定當天負責打掃操作室的人，不管當天輪到誰，總之一定會有人待在那個房間裡，而且她們都是我的同班同學。如果賭對三分之一的機率，剛好是小夜子的話就更完美了。」

「我為什麼要這麼做？」

比土將塔羅牌的正面朝下，放在桌上，輕輕地甩了甩黑長直的髮尾。我拚命壓抑內心的怒火。

「妳想反過來利用神明。班上同學被殺，只要我跟平常一樣問鈴木兇手是誰，鈴木當然會告訴我妳的名字，然後我就會跑來問妳。妳再告訴我殺人動機，在我心中注射毒藥，正常人絕對想不到這是隨機殺人。而且妳還敲了小夜子的頭好幾下，彷彿對她恨之入骨，所以我輕易地相信了妳的鬼話。一旦我被妳的目標就是小夜子的岩漿吞沒，妳那牢不可破的不在場證明也隨之成立。」

「所以說，我為什麼要這麼做？」

比土用有如水晶般冷冽又透明的雙眸凝視著我。這就是殺人兇手的眼神嗎，比土就是用這種眼神冷酷地殺死小夜子嗎。

「原因就在於妳之前的態度。和我擦身而過時，妳得意地笑了吧？妳是為了離間我和市部因為赤目的死而變得過於親密的感情……不是嗎？」

「桑町同學，妳比我想像的還要聰明呢。」

「我再問一次，小夜子是妳殺的嗎？」

我大聲地對她發出最後通牒。

「不是喔，不過妳的假設很有趣。」她死不承認。彷彿只要不承認，她所做的一切就不是事實。「可是啊，誰也不會相信妳這些毫無根據的揣測，大家只會認為那都是為了陷害我的讒言。」

「妳錯了，不是大家。」我逼近比土的臉，明知不符合自己的風格，仍挑起一邊的嘴角。「市部會相信我。就算全世界的人都嘲笑我，只要我據理力爭，那傢伙就會相信我。」

看得出來，鐵打的面具出現了些許裂縫。

我不想抬出市部的名字。但是為了替小夜子報仇，為了與眼前的厲鬼對峙，我也必須變成鬼才行。

「妳完了。既然我已經拆穿不在場證明的機關，市部也會理解我。妳應該很清楚市部有多聰明，那傢伙是邏輯的信徒。而且一旦發現妳的本性，市部再也不會愛妳了。」

「是嗎，那妳不妨告訴他看看。」

比土一骨碌地站起來，我頓時進入備戰狀態。眼前這個人可是殺人兇手，說不定會殺我滅口。

但比土只是慢條斯理地走過我身邊，直接走向門口，沒有發出一點腳步聲。

「比土，告訴我，為了得到市部，有必要殺死不相干的人嗎？就不能只殺死我這個情敵嗎？」

「只殺死妳的話，妳會永遠活在市部同學心裡。桑町同學，妳顯然不知愛為何物，才會毫不在意地接近絕對的神。」

比土掀起黑色的斗篷，留下這句匪夷所思的話，揚長而去。

或許是窗戶沒關緊，冷冽如冰的風從空隙吹進來，捲起剩下的塔羅牌。死神的卡片輕盈地落在腳邊。
從那一天起，再也沒有人見過比土。

再見，神明

1

「兇手就是妳。」

神明在我——桑町淳面前如是說……的時候我睜開雙眼。真是不吉利的夢。

自從比土優子下落不明，已經過了四天。

聽說她家人很在意世人的眼光，直至第三天才終於向警方報案。那天在兒童會室與我對決後，她沒有回家，就這麼不知去向。

但我完全不曉得比土失蹤的事。

因為我們不同班，就算她沒來上課，我也無從知曉，而且我也沒去偵探團。加上我和比土住的地區相隔甚遠，沒機會聽說她失蹤的消息。不過最主要的原因還是我不願意想起比土這個人。

直到美旗老師在早上的班會說起，我才知道比土失蹤了。老師以急切的語氣告訴我們，目前還不確定比土是離家出走還是遭到綁架，如果有人看到她，一定要報告老師，無論是怎樣的線索都不要隱瞞。

老師好像也是今天早上才知道比土失蹤了，有如醬菜石的大臉浮現出凝重的表情。小夜子的死所造成的傷口好不容易才開始癒合，所以全班顯然都能體會到事情的嚴重性。

與此同時，美旗老師也用近似警告或命令的口吻囑咐我們小心變態。前幾天傍晚，有個三十出頭，矮矮胖胖的可疑男子向女學生問路，女學生驚聲尖叫時，男子掉頭就跑，兩天前也發生過類似的事。不確定是不是同一個人，但這一個月確實有很多關於可疑分子的目擊情報。老師雖然沒有明講，顯然也懷疑比土是被這一類的變態帶走了。

久遠小學才剛發生小夜子的命案，兇手尚未落網。很多人都認為小夜子是被闖入校園的變態殺死，不對，大概是不這麼想就無法保持內心的平靜，否則兇手不是學生就是老師。

想當然耳，沒有人知道殺死小夜子的兇手就是比土。除了我和鈴木……

「絕不能跟不認識的人走，也不能一個人晚上出去喔。一旦看到可疑人物，一定要馬上告訴家長或老師。」

老師以一板一眼的語氣再三強調後，似乎想轉換氣氛地清清喉嚨，稍微放鬆了臉上的表情。

「對了，今天還有一件事要向各位報告。」

老師要坐在位置上的鈴木來到講台前。

「呃……因為鈴木的父親突然調職，鈴木這個週末就要轉學了。」

「什麼！」主要都是女孩子的驚呼聲。

「鈴木同學，你要轉學嗎？」

「騙人，這個週末也太快了。」

「聖誕節你已經不在啦。」

教室裡彷彿捅了馬蜂窩，所有人開始七嘴八舌地竊竊私語。

男生們慢了幾拍也掩不住內心的竊喜，活像國會答辯時跳上發言台的議員般開始鼓噪。

「真的假的，神明要走啦。」

「鈴木，你要轉去哪裡？」

「怎麼都不先跟我們說一聲，太見外了。」

突如其來的壞消息讓班上陷入某種狂躁狀態。

鈴木要走了……我覺得好奇妙。當然沒有半點捨不得的感覺，只是對他突然轉學的決定確實有些困惑。如果對他說的話照單全收，鈴木應該是唯一的、全知全能的神。無所不能的神明與「父親調職」這個單字未免也太不協調了。

教室化為激動的漩渦中，講台上的鈴木始終保持不苟言笑的表情，唯有與我對上雙眼的瞬間微微一笑。我看不懂那抹微笑代表什麼意思。

「好了好了，大家安靜。」老師用點名簿敲打講桌，要大家安靜下來。「週五的最後一堂班會將為鈴木舉行歡送會，大家要準備好送別的話喔……那麼，開始上課了。」

當天傍晚發現了比土的屍體。我和班上同學當然不可能知道，是隔天早上的班會，老師才一臉沉重地告訴我們。

*

放學後，我久違地出現在偵探團總部。

沒有暖氣，冷得要命的兒童會室只有市部始和丸山一平兩個人。偵探團成立時原本有五名成員，其中上林轉學、比土死了，如今包括我在內，只剩下三個人。曾經的熱鬧早已蕩然無存，兩人皆以死氣沉沉的表情看著門口的我。

尤其是市部，情緒似乎特別低落。一方面因為他是偵探團的團長，另一方面是因為即使是單相思，仍頻頻對他示好的女人死了，沒有男人能不為此感到悲傷。更別說是明明沒那個意思，可是當比土說他們未來會成為男女朋友時，不知怎地並沒有否認的這個人。

窗外吹過一陣寒風，吹得樹葉沙沙作響。

「妳聽說比土的事了？」

彷彿算準了開口的時機，我剛坐下一分鐘左右，丸山就問我，臉上掛著不知該說是忍俊不禁的竊笑，還是故作嚴肅的表情。

「我聽說她死在摺見瀑布。」

摺見瀑布位於學區外的山坳裡，是一座高度達十公尺以上的瀑布，從這裡走過去得花上將近一個小時。瀑布的水量不多，但底部的水潭就像池塘那麼大，是釣魚的好去處，喜歡釣魚的男生經常一手拿著魚竿走山路過去。不過水也很深，是很危險的地方，所以校方禁止我們靠近。不只摺見瀑布，學校本來就禁止小孩釣魚。

有人發現比土浮在水潭裡的屍體，美旗老師說她大概是從瀑布上面摔下去。摺見瀑布的水潭很深，同時水面下也有很多尖銳的岩石。

比土好像也是不幸掉在岩石上，不是溺死，而是頭部用力撞擊到岩石而死，頸骨骨折，發現時已經是死後三、四天了。

因為是小朋友經常跑去玩的地方，當地的青年團每週會去巡視兩次，但她的屍體被岸邊的草叢遮住，所以直到昨天才發現。另一方面也因為是大冬天，沒有小孩會跑去水潭釣魚所致。

發現屍體的是負責巡邏的青年團員，若不是隱隱約約看到比土的斗篷，大概也不會發現。

「我想也是。」

或許是我的反應讓他放心，丸山點點頭說。

「那妳應該不知道這件事吧。比土失蹤那天傍晚，有人看見貌似比土，穿著黑衣服的小孩走在山路上。」

「有目擊者啊。」

「因為太陽快要下山了，無法確定是否為比土本人。但也因為太陽都要下山了，基本上不會有小孩上山吧。」

「這倒是。」

見我同意他的判斷，丸山得意地接著說：

「而且更令人驚訝的是，不只比土，聽說還有另一個人。」

「另一個人？那比土是……」

聽見比土的死訊時，我不假思索地認為比土是自殺。

偶爾會有人跑去搢見瀑布自殺，我幼稚園和三年級的時候都有人自殺。其中之一還是殉情，頻率不算太高，所以外地人幾乎不知道，可是在這裡提到自殺，居民多半都會想到搢見瀑布。

但仔細想想，比土會因為被我看破手腳就跑去自殺嗎？

「那個人是誰？比土是被那傢伙推下去的嗎？」

這時丸山的視線突然開始遊移，露出沒自信的表情。

「這我就不知道了。因為是黃昏，距離又很遠，再加上……看到這一切的老奶奶據說有徘徊的老毛病，也就是所謂的老年癡呆症，所以她的記憶有點靠不住。」

「所以也可能是她看錯嗎。」

「好像是。不過警方認為兩者都有可能，所以還是繼續調查。」

丸山的父親是市議員，母親是PTA幹部，因此能第一時間得到這方面的消息。不像我們今天才從老師口中得知此事，丸山大概昨天晚上就已經知道了。

「如果老奶奶真的看到了，那比土是被變態帶走、殺害嗎？」

我一股腦兒地質問丸山。自從聽說比土失蹤的那一刻起，我內心就很害怕，擔心會不會跟自己有關。這當然是比土罪有應得，但還是難免感受到良心的苛責。

這兩天一直覺得有個繩圈套住脖子，而且還在一寸一寸地收緊，令我苦不堪言。
然而，如果比土是被人殺死，如果老奶奶看到與她同行的人才是兇手，那我就完全不用為比土的死負責了。丸山一臉困擾地推開我。
「是有這個可能……該說是不幸中的大幸嗎，比土身上沒有性侵的痕跡。」
「所以就只是被推下去而已嘍。還是兇手想對她做什麼，比土抵抗時不小心掉下去。」
「好像也沒有抵抗的痕跡，而且我不認為像比土警戒心那麼強的人會隨便跟陌生人走。」
比土是個不可思議的少女，但也因此不會表現出內心在想什麼，更不會輕易相信別人。該說是祕密主義者嗎，總之雖然跟我的狀況不太一樣，但她大概也不喜歡人類吧。
「市部，你有什麼想法？」
丸山困窘地問始終保持沉默的市部。市部似乎一直在思考，聽到丸山的問話，這才慢慢地睜開眼睛。
「首先要思考的是，比土為什麼要去摺見瀑布。這個季節就連男生也不會去那種地方，更別說是女孩子了。我也沒聽說比土喜歡釣魚。」

「我以前半開玩笑地約過她，她還冷嘲熱諷地說大部分的時間都耗在等待的遊戲到底有什麼好玩。還說如果釣到天竿魚[17]再告訴她。」

丸山又似附和，又似抱怨。

「而且根據目擊者的證詞，太陽都快下山了。新堂才剛遇害，如果這個時間要上山，肯定有什麼重大的理由。」

「理由？」

我問市部，市部用手撐著下巴，沉思了半晌。

「沒錯，理由。比土的死因是摔死，但是摔死亦可大致分成三種，殺人、意外或自殺。首先，假設目擊者的證詞是對的，她和某個人一起去摺見瀑布，不管那個人是誰，她都不太可能跟變態或可疑人物走。就像剛才丸山說的，比土具有高度的警戒心，所以如果她不是一個人，肯定是比土認識的人約她出去，而且是具有一定熟識程度的人。不過這是指對方約比土出去的情況，如果是比土約對方出去，就不一定要熟識了。舉例來說，如果是成年的男性，通常不會對小學女生有太多防備吧。不管是誰約誰，都可以再分成殺人或意外或自殺這三種可能性。如果是殺人，大概是趁比土不注意時將她推下水潭；如果是意外，可能是兩人站在瀑布上面時，比土不小心失足滑落。只不過，如果是意外，對方為什麼不馬上報警呢——雖然在山坳裡，手機還是收得到訊號——不過也或許是對方一時害怕逃走了，總之不出以上這些可能性。另外，原本是比土想殺死對方才約對方出去，結果反過來死在對方手上的假設也成立，但是從沒有抵抗痕跡的角度來看，這個可能性很低。」

或許是跟比土有關，很難像平常那樣冷靜地推理，市部一番話說得斷斷續續，經常要停下來調整呼吸，讓自己平靜下來。應該不是為了呼應他的心情，但頭頂上的日光燈今天一直閃個不停。

「即使兩人同行，也有自殺的可能性嗎？」

丸山以一臉疑惑的表情問道。

「當然有。像是故意死給對方看的情況，或是想讓別人以為自己是被那個人殺死的情況。對方應該會驚慌失措，無法採取冷靜的行動，反而會留下許多痕跡。」

「原來如此。比土那個人很陰沉，不曉得在想什麼，有點恐怖呢，會有這種念頭好像也不奇怪。」

仗著死人不能反駁就大放厥詞的丸山實在令人不敢苟同。明明因為比土生前

17 一種未確認生物，擁有竹竿狀的細長身體，可以在空中高速移動。

性格陰沉，丸山反而處處看她的臉色。
「不過，我覺得比土如果要報復對方，應該不會選擇這麼迂迴曲折的手段，所以我認為這個可能性也很低。」
市部又補了一句。
「再來是目擊證詞有誤的情況。假設根本沒有人看見她，那她可能是被綁架，強行帶到瀑布，可是這麼一來，比土應該會留下一些痕跡，所以應該不是被綁架。即使只有她一個人，還是有殺人、意外、自殺這三種可能性。最合理的可能性是自殺，畢竟那裡是自殺聖地，其次是意外，可能性也很高，但是為什麼要在黃昏時分去四下無人的瀑布呢？如果不搞清楚這點，就無法再討論下去。殺人的情況則比較特殊，比土去瀑布的時候，剛好遇到兇手，殺人動機大概是臨時產生的，但從沒有抵抗痕跡這點來看，兇手可能是認識的人。當然，與兇手約好在瀑布見面也一樣。從理由的角度來分析以上的可能性，如果是自殺，只要有想自殺的理由，去瀑布的理由可以忽略不計。反過來說，如果是意外，只要有理由去瀑布，晚點自會水落石出。如果是殺人，她為什麼要跟兇手走就成了問題所在。」
「真是一番好像聽懂了又好像沒聽懂的推理啊。」
或許是期待市部會跟平常一樣快刀斬亂麻吧，丸山大失所望地喃喃自語。

「這不是廢話嗎，我也是此時此刻才從你口中聽到目擊者的證詞，這樣就能找出真相才真的是有鬼。」

「說得也是，畢竟你又不是神明。」丸山突然想到好主意似地一拳擊在掌心裡。「對了，桑町，妳去問神明嘛。他雖然很愛擺譜，但馬上就要轉學了不是嗎，或許會好心告訴我們。」

我一聲不吭地瞪了丸山一眼。丸山顯然無法理解我為什麼要瞪他，但也知道自己說錯話，乖乖閉上嘴巴。

意料之外的沉默。市部接著說：

「上次也說過，我們是久遠小學偵探團。偵探怎麼可以仰賴神明的力量。」

「可是，」丸山似乎還不肯放棄，對市部投以哀求的眼神。「這次不是別人，死的是我們的伙伴比土，跟以前的情況不一樣吧。」

伙伴這兩個字宛如朗基努斯之槍[18]刺穿我的胸口。我早就不當殺死小夜子的

18 又名聖矛或命運之矛，相傳耶穌基督被釘在十字架上之後，負責行刑的羅馬士兵朗基努斯為了確認耶穌已死，用一柄長矛刺向他的側腹。

比土是伙伴了。但不明真相的丸山和市部還對她有強烈的同儕意識。感覺我面前突然出現一堵厚厚的牆。不，這堵牆從以前就有了，只是以前都是透明的，如今只是從看不見變成看得見而已。

「既然如此，不要拜託桑町，你自己去問不就好了。如果鈴木轉學前願意大發慈悲，想必也會很慷慨地告訴你吧。」

「有道理。」

市部原本的意思是想勸退他，不料反而激起他的好勝心，丸山突然變得幹勁十足。

「說得也是。我是久遠小學消息最靈通的人，如果不能掌握第一手情報就沒意思了……。今天家教要來，我先回去了。」

丸山露出豁然開朗的表情，小跑步離開兒童會室。一陣風從門口竄進來，讓原本沉悶的空氣稍微流動起來。

「我也要回家了。」

我接著也想站起來。再繼續跟市部獨處下去，天曉得會露出什麼破綻。市部沒有阻止我，真不可思議。回頭看，他只是坐在椅子上，默默地看著我。

「怎麼了？」

「要去問鈴木嗎？」

「怎麼連你也這麼說。當然不啊。」

我已經不想再問他了。不想再跟他有任何牽扯。我由衷地說，走出兒童會室。

2

星期五放學後，延長班會時間，為神明舉行了送別會。雖說是送別會，但也只有十五分鐘左右。大家向坐在講台上的鈴木送上臨別祝福與聊表寸心的禮物，最後再由鈴木與大家道別。

「時間雖然很短暫，但是能與大家一起度過學校生活，我真的很開心。我會牢牢記住對於這所學校的回憶，一輩子都不會忘記。」

神明直到最後都還戴著好學生的面具。或許是受到氣氛的催化，有幾個女生甚至還哭了。主要是那群圍著鈴木打轉的跟班，但眼淚真是很有感染力的東西，其他女生也開始跟著啜泣，沒多久，教室就沉浸在感傷的氣氛裡，連情感充沛的美旗老師也紅了眼眶。

鈴木從講台上心滿意足地往下看，做出結論：「各位同學，再見。」像極了偶像歌手的畢業典禮。

送別會結束後，班上同學三三兩兩地打道回府。總算擺脫了隔著毛玻璃看看歹戲拖棚的感覺，我在昏暗的走廊上踽踽獨行。走著走著，鈴木不聲不響地站在我面前。

「你不是回去了嗎？」

結束最後一場表演，鈴木比我們早一步離開教室。我記得女生們差點就要扔彩帶歡送他了。明明是前一秒才發生的事。

「我正要回去了。」

好學生說道，臉上還掛著佛像般的笑容。

「這麼說來，還沒問你要轉去哪裡呢。」

「東京……就當是這樣吧。」

「騙人的吧？」

「妳說呢。既然沒有明說，就不算騙人吧，說不定我會變成明天新來的老師來這裡任教喔。」

這傢伙直到最後都還在裝神弄鬼。

「為何要轉學?你不是萬能的神明嗎。」

「因為我已經過膩優等生的生活了。人類怎麼會嚮往這種生活呢,明明麻煩得要死。」

說得倒好聽,我從未見過這傢伙變成這傢伙以外的傢伙。

「沒人能像你這樣輕鬆地變來變去喔。剛才那句話,千萬別在男生面前說,萬一被揍我可救不了你。」

「被揍又怎樣呢?」

神明意味深長地反問。

「你在說什麼傻話,當然是會痛啊。」

「痛是生物感知到生命危險,傳送給大腦的訊號,是生物的警報系統。我是不死之身,自然不需要疼痛。」

原來如此,有道理。

「所以你被蚊子咬也不會癢嗎?」

我聽說癢的感受比疼痛低階。

「大概吧。當然,我現在的構造跟人類一樣,如果想設定成有癢感和痛覺也不是什麼困難的事。話說回來,疼痛是什麼感覺?」

這個問題簡直就像是家財萬貫的千金大小姐問我要怎麼買車票。

「你這個神明也有不知道的事嗎？」

我試圖挑釁。

「沒有啊，我只是想聽聽看妳怎麼說，因為妳似乎很容易感到心痛呢。」

「那是不一樣的痛楚。」

他顯然直到最後一刻都打算顧左右而言他，我不得不承認是對手技高一籌。

「你為什麼要找上我？」

「不是我找上妳，是妳找上我吧。」

「隨便啦，你愛怎麼說怎麼說。所以呢，你為什麼要告訴我？」

「如果說是基於好意……妳大概不會相信。那就說是因為無聊吧。」

「你打算用這兩個字回答所有的問題嗎？」

「就只有這個理由啊，我也沒辦法。」

神明裝模作樣地聳聳肩。

「全知全能也有不方便的地方呢。……你為什麼要當神明？」

「這就不需要理由了。因為我存在。只因為我一時心血來潮，創造了人類，人類便稱為我神，如此而已。妳今天的問題好多啊，真拿妳沒辦法，最後再告訴妳一件事吧，妳最想知道的事。」

「不用了。」

我低垂視線，表示拒絕。神明嗤之以鼻。

「那麼另外再告訴妳一件事吧，比土優子是自殺喔。」

「什麼！」

我抬起頭時，那傢伙已經轉過身去。有如連續劇的主角，背對著我，輕輕地揮了揮右手，向我道別。

「喂，你為什麼要告訴我這件事？」

我朝走廊盡頭吶喊，但是得不到回答。

神明就這麼乾脆地轉學了。

揮一揮衣袖，不帶走一片雲彩

＊

隔週，我們班開始過起沒有神明的生活。班上同學似乎還不習慣少了一個人，總是表現出鈴木還在的樣子，然後才發現他已經不在了。與其說這是因為鈴木是神明，不如說是因為他是班上的焦點人物。說穿了，就像校園裡的種姓制度突然少了金字塔頂端。好比失去重力的地球，會感覺踩不到地也是沒辦法的事。

十月又稱神無月，聽說神明都去了出雲[19]。相反地，出雲則稱十月為神在月，真奇妙。聽起來好像出雲平常沒有神明似的，明明出雲的神明一直都在出雲。

到了十二月，神無月的神明就會回到各地方，但鈴木大概不會回來了，星期一也沒有新老師上任。既然沒有明說，就不算騙人吧。

起初我以為他是具有透視能力的超能力者。如果只是區區的超能力少年，隨父母調職而轉學再自然不過，我至今仍以這種想法為主流，但我逐漸被那傢伙的妖言所惑也是事實。假如他真如自己所說是神明，為何要現在轉學呢？這點令我非常在意。

跟那傢伙最後說的那句話「比土優子是自殺喔」有關嗎？

或許是因為想著這件事，害我走路不專心，撞到班上女生的肩膀。

「好痛啊。」

長髮染成咖啡色的女生——龜山千春按著右肩喊疼。龜山是鈴木的跟班中的核心人物。雖然她差了小夜子一截，但也算是美女，只是性格出了名的惡劣。每次我跟鈴木說話時，她都會以像是要用咒術殺死我的眼神瞪著我。

「抱歉。」

「抱歉個屁，給我好好道歉。」

大概是鈴木轉學的事令她心情大受影響，只見她挑起細眉，故意找我麻煩。

「我不是道歉了嗎？」

「只有抱歉兩個字也太沒誠意了吧。」

「……不好意思。」

「都說妳的道歉太沒誠意了。」

龜山氣焰囂張地要我低頭賠罪。心情不好的不只是龜山，我不耐煩地瞪了她一眼。

「妳那是什麼眼神？想殺死我嗎？」

與此同時，過半數的女生開始尖叫，男生只是默默地隔山觀虎鬥。

我正想回嘴「妳才是吧」，這才發現教室的氣氛不太尋常，似乎不只是因為鈴木轉學的緣故。

19 日本島根縣的城市，以「神話之國」聞名。

「什麼意思？」
我逼問她，龜山一臉沒事找事地朝大家鬼吼鬼叫：「好可怕、好可怕，比土同學是妳殺的吧？」
她當著所有人的面朝我放了一記冷槍。
「妳說什麼？」
「比土同學不是一個人去摺見瀑布吧！有人在比土同學失蹤前幾天聽到妳們吵架的聲音，其實是妳把她推下瀑布的吧！」
真瘋狂的三段論法[20]。就連丸山都能說得更合邏輯一點，我啞口無言。不過，有人聽見我和比土的對話倒是令我頗為意外。不過兒童會室雖然只有我們兩個人，但確實沒有隔音。
「這麼說來，赤目同學死的時候，妳也在神社裡吧。」
「真的嗎？」
「真的假的？」
龜山身邊的女生愈來愈大聲。
「無聊。」
我不屑地說。比土就算了，殺死赤目的兇手早就抓到了，但我的態度無疑是火上加油。

「妳說什麼？朋友都死了，妳居然用無聊來形容，妳這樣也算是人嗎？」

「我又不是這個意思。」

「妳這個殺人兇手！」

「喂，妳們在吵什麼？」

背後傳來熟悉的聲音。市部剛好進教室，撥開圍著我的女生，走到漩渦中心。

「這是怎麼回事？」

「騎士出馬啦。」

龜山等人丟下這句話，一哄而散。就像繩子斷掉的串珠，走得一個不剩。

「到底發生什麼事了？」

「好像有人聽到比土失蹤那天，我和比土吵架的聲音。」

「真的嗎？」

市部驚訝地挑起兩道眉毛。

「嗯，是真的。……你也懷疑我嗎？」

「沒有。」

市部恢復正常的表情，用力搖頭。

「妳不會做這種事。」

「嗯，我沒有殺人，所以我不是兇手。」

但比土自殺的原因或許出在我身上。

上課鐘響起，美旗老師走進教室，談話到此為止。

那天，我上課完全心不在焉。幸好老師並沒有罵我，萬一點我起來回答，我可能會在數學課朗讀起椋鳩十[21]。情況就是這麼嚴重。

我認為與比土走得近的人應該沒幾個。雖然不像我這麼嚴重，比土也是跟人保持距離的人。換句話說，她們只是在藉題發揮。

問題是，為什麼現在才開始攻擊我？我融入不了這個班級又不是今天才開始的狀況。

導火線恐怕是鈴木吧。我為了證明美旗老師的清白，為了想知道真兇是誰，找鈴木出去說話，鈴木也爽快地告訴我答案。從那次以後，我問了他好幾次。

跟班們大概不曉得我問了鈴木什麼，但她們就算誤會我一直纏著鈴木不放也很正常。事實上，包括龜山在內的跟班們就找過我好幾次麻煩。說穿了就是嫉妒，還有中傷。

還以為鈴木轉學後，嫉妒的原因也會消失，但似乎相反。鈴木直到最後都是品學兼優的神明，對待跟班們也始終保持著優等生的超然態度，說得難聽一點就是保持一定的距離。儘管如此，鈴木還在時，還能期待關係能有所進展，變得更親密一點。可是當鈴木轉學，一切蓋棺論定，不可能再有更進一步的發展之後，長久以來累積的不滿一口氣爆發。

我以前從來不把班上同學放在眼裡，事到如今卻開始在意。真是太任性了，明明是我自己一直拒他們於千里之外。

是我變了嗎？

我慢慢地往教室裡看一圈。想當然耳，鈴木不在了，但我再次意識到教室裡少了一個更重要的人。

21 日本的小說家、兒童文學作家，是日本動物文學的代表人物。

小夜子不在了。

小夜子遇害至今，悲傷與憤怒占滿了我的內心與腦袋。如今終於要回到正常的生活，我才意識到小夜子已經不在了。

擺出大姊風範，總是苦口婆心，對我照顧得無微不至的小夜子。身為班花的小夜子。她的存在或許是我和班上同學的潤滑劑。我雖然從未給小夜子好臉色看，其實也在不知不覺間依賴著她。

我恨比土殺死小夜子是事實，但也沒有恨到想殺死她為小夜子報仇。這或許是基於常識的判斷，也或許是因為鈴木在看，顧慮到那傢伙的眼光才不敢犯罪，跟反過來利用那傢伙的比土不一樣。

＊

放學後，我去瀑見瀑布一探究竟。先花二十分鐘走到登山口，再花三十分鐘走在山路上。我不釣魚，所以以前只來過兩、三次。儘管如此，因為只有一條路，可以不用擔心迷路直接走到水潭。從這裡再花十分鐘左右，就能爬到瀑布上方。雖然是山路，但是並不陡峭，女生也能毫不費力地爬上去。連體格纖細，再怎麼弱不禁風的比土也不例外。

從底下仰望十公尺的高處還好，但是從瀑布上方俯瞰水潭其實還滿可怕的。再加上岩石稍微突出於垂直的懸崖上，不只前面，感覺就連側面，但凡視野所及的一切都給人置身水潭的錯覺。雖然很高，但水量很少，所以瀑布水聲比較小是唯一的救贖。

比土就是從這裡跳下去嗎……

想到這裡，我突然害怕起來，往後退一步。地表褪色的雜草與從背後伸出來的樹枝映入眼簾，鬆了一口氣。

或許她打算跳水自殺，結果不幸撞上藏在水面附近的岩石。瀑布的水很清澈，但由於群山遮住了夕陽，在水潭篩落陰影，因此才沒注意到劍山般的岩石吧。

問題是，比土為何要自殺……

那天，她看起來已經接受了挫敗，完全沒有要自殺的樣子。如市部所說，她那種人只會想要復仇，絕不會自殺。

但鈴木卻說比土是自殺的。

「妳也來啦。」

不知何時，市部和丸山站在我背後。或許是太專心思考了，我完全沒聽見腳步聲。丸山好像有點懼高症，心驚膽戰地抓住市部的手，一臉只想快點回到水潭的樣子。

「聽到班上女生說的話，不免有些在意。」

我老實地回答。

「萬一老奶奶的目擊證詞沒錯，比土是和某人來這裡，那麼就像市部說的，他們為什麼要來這裡？」

這當然是胡扯，比土不是被殺。但如果目擊者所言非虛，比土等於當著同行者的面跳下去。

最先浮現在腦海的同行者是我，但當然不是我。接著可以想到的是市部，但如果是市部，他應該不會逃走，而是會報警。市部沒那麼膽小。丸山的話可能會逃走，但我怎麼想也想不出比土在丸山面前自殺的理由。

如此一來，難道是比土離開兒童會室後，出了什麼與小夜子的命案完全無關，逼她不得不自殺的原因嗎。

「比土是從這裡掉下去嗎？」

丸山雙腿發抖地低頭看著水潭。

「我在下面玩過好幾次，這還是第一次從這裡往下看，比我想像的還高。」

「不只高，還撞到岩石，所以大概是當場死亡吧。」

市部靜靜地雙手合十。

「那些岩石每次都會卡住魚鉤，旁邊就是很深的地方。」

「你好清楚啊。」

「還好啦，因為我常來釣魚，夏天也會來游泳，對吧，市部。」

都已經這個節骨眼了，丸山受到稱讚還是很得意。

「對呀，男生都會來玩。然而經過這場騷動，暫時應該不會來了。」

「為什麼我會突然受到懷疑啊，兇手不是變態嗎？」

「關於這件事啊……」我問的是市部，回答的卻是丸山。「一個月前，久遠小學的周邊出現在深夜卡通裡，形成『朝聖』路線。」

「朝聖？你的意思是說，出沒的並不是變態，而是卡通迷嗎？」

我也聽過卡通迷會造訪取景的場所，稱為朝聖之旅。起初很容易被當成可疑人物，埋下糾紛的種子，但現在卻是地方創生鎖定的對象。只是我做夢也沒想到，自己的故鄉居然會成為聖地。

「好像是。我家也拍到了，所以還有人跑來拍照。我媽很生氣，覺得很困擾，還說如果是大河劇或晨間劇就算了。當然裡頭可能混進了真的戀童癖。實際上，新堂就被殺了。」

「既然如此，為什麼要懷疑我？」

「因為摺見瀑布並沒有出現在卡通裡，來朝聖的卡通迷應該不曉得這麼偏僻的地方。」市部補充。「再加上妳們起過爭執。桑町，妳和比土在吵什麼？」

「沒什麼，只是一點小事。」

我透露出「還不是因為你」的弦外之音。但不能說更多了。市部應該會相信我說的話，但同時也會陷入混亂吧。既然比土已經自殺了，沒必要讓他知道比土就是殺害小夜子的兇手。

＊

當水壩出現一個小洞，如果不馬上堵起來，很快就會決堤。正所謂千里之堤，潰於蟻穴。彷彿為了見證這句諺語，從第二天開始，就像水庫潰堤，教室裡充滿攻擊我的視線。

尤其是龜山，大概是積怨已久，總是揚起細細的眉毛，尖著嗓子大吼大叫。

「死的都是妳身邊的人，這妳要怎麼解釋。」

枉費她長得還算漂亮，真是浪費了她那張臉。
從客觀的角度來看，這已經可以算是霸凌了。但我並不怪她，因為有人死了，大家只是暫時陷於錯亂而已。
而且大家都認為比土遭人殺害，只有我知道比土是自殺的。
我默默走向自己的座位，有人用粉筆在課桌上亂畫。我用置物櫃的抹布擦乾淨桌子，若無其事地坐下。反擊就輸了。
然而就在下一瞬間。
「新堂同學也是妳殺的吧。」
這句話讓我怒不可遏。我為什麼非得殺死小夜子不可。
「妳說什麼！」
我想都沒想就甩了龜山一巴掌。
「桑町！」
美旗老師的聲音從門口傳來。我這才恢復理智。
「抱歉。」
我衝出教室，頭也不回地返家。
忘了是怎麼回到家的。我拿出鑰匙開門，上二樓，直接鑽進被窩裡，閉上雙眼。

傍晚，爸爸回來了。比平常早了點，大概是接到學校的通知。爸爸沒有罵我，只是小心翼翼地來看了幾次我的狀況。

「沒事。」

每次我都沒好氣地回答。

第二天，市部來了，美旗老師也來了。我說我感冒了，誰也不見，就像因為收賄而躲起來避風頭的政客。當然不可能永遠避不見面，否則就等於承認我殺了小夜子和比土。

但身體不聽使喚。聽說人類如果認定自己生病，就會產生相同的症狀。我的身體又熱又重，活像得了重感冒。

「淳。」

星期天傍晚，爸爸對我說。

「老師告訴我大致的狀況了。有人對小夜的死胡說八道是嗎？可是打人就是不對，一定要向對方道歉才行。就快放寒假了，妳也不想在與對方決裂的情況下過年吧，今年欠的債要在今年內還完。」

最後大概是爸爸開的玩笑。一點也不好笑，我無可奈何地擠出敷衍的笑容。

星期一，當我出現在教室裡，大家都對我投以好奇的眼神，似乎很意外我會來上學。我這才發現，原來視線可以把人刺得這麼痛。不，我其實從打扮成男生的時候就注意到了，只是試圖遺忘而已。

就像在油膜裡滴入一滴清潔劑，我與所有人都保持距離。市部已經坐在教室裡。不同以往，他來得好早。

「早啊，桑町。妳今天來上課啊。」

市部若無其事地跟我說話。他應該不知道我今天會來上課，但還是用跟平常一樣的沉穩表情面對我。真是個堅強的男人，我很佩服。

我向市部打招呼後，走向龜山。

「上次打了妳，真對不起。」

我深深地低下頭去。

「……我原諒妳。不然又惹妳生氣的話，天曉得妳會對我做什麼。」

口氣雖然傲慢，龜山還是接受了我的道歉。本來這件事應該到此為止。

「龜山不用道歉嗎？」

市部唐突地插嘴。

「我為什麼要道歉？」

「妳罵桑町是殺人兇手。」

市部說的沒錯，但不是此時此刻應該在這裡說的話。不是每個人都能像市部那樣做出理性的判斷。說得不客氣一點，現在冒出這句話實在很白目。

「你什麼意思？」

果不其然，龜山發出裂帛般的尖叫聲，就像沒有調音的小提琴。

「我有說錯嗎？所有的命案都發生在桑町同學身邊。」

龜山斜斜地吊起嘴角，甩亂了咖啡色的頭髮，開始大喊大叫。

「不只桑町身邊，美旗老師也捲入了命案。」

「還有上林同學的……桑町同學一直纏著鈴木同學，似乎在找什麼機會，還說她『討厭』鈴木同學。所有不好的事淨發生在桑町同學周圍。我懂了，桑町同學是魔女，不對，是惡魔。如果鈴木同學是神明，那妳一定是邪惡的惡魔！」

「別再說了。一下子神明、一下子惡魔的，那種東西根本不存在。」

市部想阻止她再說下去，龜山則激動地繼續無的放矢。只見她漲紅了一張臉說：

「好可怕。鈴木同學不在了，從今以後這個班級就要被妳這個惡魔支配了。

以前還有鈴木同學保護我們，接下來只能任妳宰割。」
龜山說得煞有其事，口水都噴到十公尺外了，美旗老師趕緊進來安撫大家。老師和市部一樣，反覆強調才沒有什麼惡魔，但班上同學恐怕誰也不信吧。龜山充滿煽動力的想法填滿了鈴木離開時留下的空洞。
『惡魔』
從那一天起，我得到了這個封號。當然沒有人敢當面對我說，只是都以我聽得見的音量竊竊私語。
鈴木以前說過，世上沒有惡魔，只有他這個神明。結果神明離開後，換惡魔崛起，真是太諷刺了。但我不是鈴木，我沒有特殊能力，所以也無法讓大家明白我不是惡魔。
這就是所謂惡魔的證明吧。

*

今年好像是暖冬，過年期間都沒有下雪，四周的群山也未曾蒙上一層雪，就這麼迎來了新年。想當然，比土自殺的摺見瀑布也不例外。

比土的命案卡在老奶奶目擊者的證詞不知有多少可信度，所以警方也不曉得該如何是好。似乎同時考慮到意外及自殺的可能性，因為沒有留下遺書，也不知道自殺的原因，因此認為自殺的可能性不高。

俗話說，謠言傳不過七十五天，但寒假才兩個禮拜，即使過了一個年，謠言也還不會消失。

即使過了一個年，我依然是「惡魔」，大家看我的視線無比冰冷。去年只有女生和一部分的男生，今年不只我們班全部男生，就連別班的人也知道我的綽號了。

「我得退出偵探團了。」

在這種情況下，丸山很不甘心地說。

「為什麼？」

市部在冷清的兒童會室裡問道。

「我媽要我退出。」

「你媽媽嗎？難道是因為……」

「我受到懷疑嗎？」我說。

丸山無言頷首。看樣子，我殺死比土的謠言不只校內，連大人都知道了。

「怎麼會變成這樣，我記得可疑人物不是卡通迷嗎。」

「因為……不是有個老奶奶說她看到了嗎。那個老奶奶過年吃年糕時嗆到，差點噎死的衝擊反而讓她想起跟比土走在一起的人身高跟她差不多，也就是說，不是大人，而是小孩。」

丸山視線看著地上說明。

「而且市部也隱隱約約察覺到了吧。我聽說了，兒童會長不願意再借我們這個房間。」

我都不曉得事情已經變得這麼嚴重了。

兩個小孩去摺見瀑布，結果只剩下比土的屍體。而且她死前才跟我吵過架，確實就連大人也會懷疑到我頭上來。

「……如果我退出偵探團，是不是就能讓一切圓滿收場了？丸山不用退出，也能繼續使用這個房間，反正我……」

我還來不及說完，市部就大聲打斷我，聲音響徹整個房間。

「我絕不同意！怎麼能為了解決問題就開除無辜的團員！」

我從沒見過市部這麼情緒化的語氣。然而市部愈激動，我就愈冷靜。

「保護偵探團是團長的使命吧。」

「連團員都保護不了，算什麼團長。」

「那你還有別的辦法嗎？」

「只要揪出殺死比土的傢伙就好了。」

市部感情用事地說。

「就算是你……」

我說到一半，趕緊閉上嘴巴。

「對了，我今天要上家教。」

不敵劍拔弩張的氣氛，丸山落荒而逃似地離開兒童會室。片刻間，室內充滿寂靜。

「反正我本來就不想加入偵探團。如果偵探團解散了，你會很傷心吧。」

「沒錯，但妳如果退出，我也會很傷心。」

市部當著我的面說得斬釘截鐵，我無法反駁。

「……抱歉，都怪我破壞了你的夢想。」

市部沒有回答，反而問我：

「話說回來，剛才我說要揪出兇手時，妳幾乎一口否決，那是什麼意思？」

既然他都聽出來了也沒辦法，再瞞下去只會打草驚蛇。

「比土好像是自殺。」

我老實回答。

「妳問過鈴木了。」

「我沒問他，是那傢伙臨走前自己告訴我的。」

「這樣啊……」市部一臉陰鬱地點頭，顯然有些如釋重負，或許他內心深處也在懷疑我。「只要沒找到遺書，就無法證明是自殺的。……而且比土為什麼要自殺？」

「這我就不知道了。」

我隱瞞比土的罪行，只對他交代了一半的真相。但光是這樣說服不了聰明的市部。

「與妳們吵架的內容有關嗎？」

「無關。」我搖頭。「我們吵架的內容與你有關，比土說她遲早會搶走你。」

我應該沒有說謊，不確定市部相不相信我說的話，但他並沒有再追究下去。

「可惡！如果是自殺的話，就找不到兇手了。」

市部懊惱地一拳搥在桌子上。

只要抓到兇手，就能洗清我的嫌疑。問題是自殺若沒有最關鍵的遺書也沒用。

如果找鈴木作證，至少班上同學可能會相信我。但鈴木已經轉學了，恐怕再也找不到他。

老實說，眼前一片黑暗。我退出了偵探團。

＊

我是惡魔，卻受到人類的欺凌。人類應該害怕惹惱超越人類智慧的惡魔才對，他們的思路卻沒有絲毫邏輯可言。也對，如果有邏輯的話，就不會做這種蠢事了。

不知不覺間，一直為我說話的市部也被冠上「惡魔使者」的臭名。如果是原本的階級，我的地位應該比他更低，但不曉得為什麼，市部居然淪為全班最底層。也不知是故意針對他，還是什麼不好笑的笑話。

至於我，儘管從最底層往上提升了一層，受到的待遇還是一樣。如今我總算明白，叔叔成天抱怨職位變成主任，薪水卻沒變的悲哀了。

話雖如此，幸好沒有具體的霸凌，或許大家內心深處還是害怕惡魔吧，畢竟這幫人都相信神明的存在。他們的作法主要是對我視而不見，故意在我背後說些我也聽得見的難聽話，以及討人厭的視線。

美旗老師顯然還沒發現班上的異狀，可見他們的手段還算高明，再加上我也一直保持沉默。我不想給老師添麻煩。

　問題是連惡魔使者也慘遭毒手。他們起初還有所顧忌，但凡有人開了第一槍，其他人就開始爭先恐後地開始模仿。真是一群蠢蛋。不同於原本就獨來獨往的我，市部文武雙全，就算比不上鈴木，也很受歡迎，但現在再也沒有人要跟他說話了。所有人都當他不存在。這大概是他有生以來第一次受到這種對待吧。

　即使狀況與過去產生一百八十度的改變，那傢伙仍不以為意地來學校上課，跟我聊天。

　市部很堅強。

　有一天，放學途中，有個年過三十，瘦得跟竹竿似的女人衝到我面前。

「把優子還給我。」

　女人以渙散失焦的瞳孔向我控訴。我沒見過這個人，大概是比土的母親吧，臉型長得很像。

　衣服皺巴巴的，顯然已經好幾天沒換衣服了，頭髮也很凌亂，幾乎脂粉未施，臉上掛著濃重的黑眼圈，靠過來時發出刺鼻的異味。

　什麼時候就連比土的母親也知道我的傳聞了。

「不是我。」

聽到我的申辯，她的眼睛突然熠熠生輝，整個人逼向我。
「把優子還給我！求求妳，還給我！」
眼看她就要抓住我的雙手，我連忙閃開。
「優子是我的寶貝，求求妳還給我！」
她就像跳針的唱機，不斷重複。
一方面擔心面子掛不住，比土失蹤了三天才報警，一方面又跑來自說自話。人類真的很愛自說自話。
我覺得怒火中燒，用力甩開她拚命伸過來的手。
「比土是自殺的，不關我的事。」
然後就頭也不回地跑走了。她沒有追上來。我不認為她把我的話聽進去了，邊跑邊回頭看，只見她當場跪坐在地上。
親眼看到殺死小夜子的比土罪孽波及到自己的母親，我只能逃得遠遠的。
隔週聽說比土的母親住院了。
春天來了，我升上六年級。換了班級，狀況仍沒有任何改變。畢竟六分之一都是相同的熟面孔，而且全學年早就都知道我的事了。

我依然是「惡魔」。

「沒事吧？」

新學期剛開始，「惡魔使者」就很關心我，明明他比我還慘。市部總是表現得落落大方，似乎不認為跟我在一起是什麼太大的問題。

我對他說過好幾次，要他跟我保持距離，但市部每次都會氣得臉紅脖子粗。

我只能祈禱我們至少分在不同班，這樣他受到的傷害才會少一點，幸好這個願望實現了，市部和我之間隔著三個班級。我由衷感謝神明，當然不是鈴木那個神明。不過我的班導不再是美旗老師。

沒多久，對惡魔誕生的始末不是很清楚的人開始藏起我的室內鞋。龜山和我不同班，留下一個群龍無首的集團，顯然是有人想取而代之當老大。

或許是算準惡魔不會反抗，對我的霸凌愈來愈變本加厲，像是在我的課本上亂畫、把我的成績單貼在黑板上、撕破我的筆記本、把我的體育服丟在地上踩。不在背後說我壞話，而是當面痛罵我的人也愈來愈多。我也分不清在背後說壞話和當面痛罵的傷害哪個比較大就是了。

這些捉弄真的、真的很無聊。不幸中的大幸是沒有殃及不同班的市部。

四月中，聽說比土的母親去世了。夜深人靜沒有目擊者，但有人看見她突發性從車站月台跳軌自殺。明明病情有些好轉，前幾天才剛出院。起初大概是想割腕自殺，包包裡還帶著刀片。我雖然覺得很難過，但那不是我的錯。就算比土是因為跟我吵架想不開，也是因為她先殺了小夜子。

整個冬天，警察來問過我兩次話，我當然都老實地回答我不知情。畢竟我又沒去過摺見瀑布，我不能說謊。

左鄰右舍似乎也開始懷疑人是不是我殺的。隔壁的三年級生一和我對上眼，就驚慌失措地逃回自己家。隔著三戶人家的一年級新生甚至曾天真無邪地問我：「姊姊真的是殺人兇手嗎？大家都這麼說喔。」他大概還不明白這個問題的嚴重性吧。

就連爸爸也問我：「要不要搬家？」但是搬家就等於默認，所以我想也不想一口拒絕。我不確定爸爸是否真的相信我的清白，也不想知道。

而且就算搬家、轉學也解決不了根本上的問題。

某天，我相隔四個月爬上摺見瀑布。

或許是雪融了，或許是春臨大地，摺見瀑布看起來光燦耀眼，與過去截然不同。水潭也閃閃發光，簡直就像是一堆寶石在水中游泳。

比土是自殺的，應該沒錯。我沒有完全相信鈴木，但他從未說謊。既然如此，比士為什麼要自殺？這幾個月來，我一直在思考這個問題。

難道是為了像現在這樣陷害我？

我以前也想過這個可能性，但是我很好奇比士真的會為這麼不確定的未來堵上性命嗎，她可是那個連神明都想利用的比士呢。而且我是鈴木轉學後才被當成惡魔，比士自殺時應該還不知道鈴木要轉學。

倘若沒有比士不是一個人前往搢見瀑布的目擊證詞，我也不會被懷疑至此。但比士究竟是怎麼讓自己看起來不是一個人呢。

還有……更重要的是，依照比士的個性，應該會讓自殺看起來更像是他殺。比起殺害小夜子的冷酷，感覺這一切都太粗糙了。

然而……或許比士根本沒有正常人的感情。她愛市部，愛到不惜殺人。既然如此，只要能在市部心中埋下懷疑的種子，對她而言或許就達成願望了。只要能在市部心中埋下是我殺害比士的懷疑種子……。

我低頭看著腳下。

感覺水潭無限寬廣，大到幾乎要把我吸進去。我把已經看不出原本顏色的書包放在腳邊，踏出一步穿著鞋子的腳，往底下窺探。另一隻腳沒穿鞋子，直接從學校走來這裡，襪子已經破了，腳底血跡斑斑。好痛。不過比起昨天被撞了一下的肋骨，還算是可以忍耐的疼痛。

水面浮現兩組細小的波紋，下一瞬間就被瀑布的水流抹去。

據說瀑布及流水自古以來皆用於驅邪，或許比土是想利用瀑布洗淨自己殺害小夜子的罪行。那麼我……

「桑町！」

背後傳來熟悉的聲音，是市部。如今只有市部和爸爸會用這麼溫柔的聲音呼喚我。兩選一，簡單至極的推理。

「怎麼啦，臉色這麼難看，你以為我會跳下去嗎？」

我笑著想打馬虎眼，但臉色鐵青有如刷上顏料的市部顯然聽不進我說的話。

「不行嗎？」

「不，沒有不行。」

聽到我這麼說，市部似乎鬆了一口氣，坐在岩石上，晃動著雙腳。我也有樣學樣地在他旁邊坐下。結果腳才一晃動，左腳的鞋子就掉進水潭。算了，無所謂。反正鞋子這種東西本來就應該成雙成對，只有一隻毫無意義。

「妳們班的級任老師打算裝死到底嗎？」

「大概吧。」看來我每天都在增加的傷痕與瘀青是逃不過他的法眼了。「但他應該不是壞人喔，我猜。」

「妳啊……」

市部氣急敗壞地開口，但隨即意識到徒勞無功地聳聳肩。

「我有件事不明白。」

他轉而沒頭沒腦地問我。

「什麼事？」

「鈴木為什麼只告訴妳真相。那傢伙只有在新堂的直笛不見還有秋季遠足時候發揮過神力吧。」

「我也問過他這個問題，可是被他三言兩語帶過去了。大概是因為我的反應很有趣吧，因為他總是抱怨日子很無聊。或是他已經隱隱約約預見到接下來會發生在我身上的事。預見上林、赤目、比土、小夜子會有什麼下場。那傢伙說他可以閉上眼睛、捂住耳朵，否則包括未來的事，一切都會被他看見聽見呢。為了享受未來，必須刻意不聽不看。但有時還是會忍不住偷看也說不定，所以他才會出現在可以排遣無聊的地方。……我認為是那傢伙導致比土自殺，而不是我。那傢伙根本不需要自己動手，就能讓人產生想自我了斷的衝動。但大概不是這樣的。那傢伙不會做這麼卑鄙的事。雖然很不甘心，但那傢伙應該會堂堂正正地做出更陰險的事。所以我怎麼想也想不出個所以然來。比土為什麼要自殺？比土對這場賭注到底有什麼勝算？我大概中了比土的計。但比土預測到哪一步呢？我有說錯嗎？我明明只是為了幫小夜子報仇。人類為何如此愚蠢呢？這到底有什麼意義呢？殺人、陷害別人到底有什麼樂趣呢？為什麼我要為明明沒有偷的錢包受到責難呢？我是他們眼中的惡魔……問題是我做了什麼壞事需要受到責難呢？他們說鈴木是神明，可是做了那種事的鈴木怎麼可能是神明？神明到底是什麼？那傢伙無所不能，所以這一切的因果都是他造成的吧？既然如此，我現在會變成這樣，原因應該也出在他身上，為什麼我要在自己身上找原因呢？怎麼會這麼矛盾？如果是神明，就給我負起責任來啊。比土為什麼自殺？神明為什麼放縱比土殺死小夜子，眼睜睜看著那麼好的女孩死於非命？為什麼我非得一直受到罪惡感的苛責不可？為什麼我必須承受這一切？前陣子放學時也有人用打火機……」

「夠了，別再說了。」

忍了四個月的淚水一口氣泉湧而出，連我自己也無法堵住潰堤的淚腺，市部緊緊地抱住我，打斷我說的話。市部的胸膛撞上我骨折的肋骨，我竟不覺得痛，真不可思議。

「如果妳想死也沒關係喔，到時候我會陪妳一起死，所以再堅持一下吧。」

這是我今年第一次哭泣。

3

四年後，我，不，我們考上縣外同一所高中，對我而言是縣內就是了。因為我在那之後住了一個月的院，隨後轉學到縣外，同時也停止打扮成男生。隔年，我開始去新學區的國中上學。一樣還是對別人愛理不睬，但日子過得還算平靜。雖然不多，也交到朋友了。更重要的是，這段期間仍一直跟市部保持聯絡。

市部比我聰明多了，不可能跟我考上相同程度的高中，不用說也知道是為了配合我的水準。

市部在我家附近租了房子，如今我們已經建立起可以在爸爸的眼皮下去他的宿舍找他玩的關係。

「我想再成立偵探團。」

市部有時候會懷念地說。自從我轉學後，市部就主動解散久遠小學偵探團，國中時也沒有再成立偵探團。

我開始覺得或許這樣也好。感覺久遠小學已經是上輩子的事了，如今想起，只剩下美好的回憶。遺忘是人類的本能，是神明唯一辦不到的事。這次我也積極幫忙招募社員吧，也來看看市部推薦的推理小說吧。

很幸運地，我和市部同班。不到一個月，我和市部就被貼上班上最閃情侶的標籤。也有同學唯恐天下不亂地起鬨說我們是美女與野獸，我確實是美女沒錯，但市部怎麼可能是野獸呢。

反而是我要感謝市部來這所高中陪我。搬走的這四年，日子雖然平靜，但我一直很寂寞。

市部向學生會交涉要成立偵探團，目前只有兩名成員，但是已經有幾個朋友願意加入。到了六月，進入梅雨季節的放學途中——

走向市部宿舍的路上，平交道對面有張熟悉的面孔映入眼簾。

長得很帥的小學生，沒有撐傘，露出清爽的笑容。

「鈴木？」

剛好經過的火車蓋過我的聲音。等到火車駛過，眼前的人已經消失了，事情發生在一瞬間。

那個人絕對是鈴木沒錯，跟轉學過來時一模一樣，還是小學五年級的鈴木。

鈴木怎麼會在這裡？

是我眼花嗎？

我感到非常困惑。

大概是想趁我最幸福的時刻來告訴我什麼。鈴木不是神，是死神。

我突然想起鈴木離走前說的話。

『最後再告訴妳一件事吧，妳最想知道的事。』

我拒絕之後，他又說：

『那麼另外再告訴妳一件事吧，比土優子是自殺喔。』

沒錯，比土的死只不過是「另外」的事。我一直搞錯了，鈴木真正想告訴我的事——我最想知道的事——其實是另一件事。當時我最想知道的事……還用說嗎，當然是殺死川合高夫的人究竟是誰。

如果我點頭了，鈴木會告訴我殺死川合的兇手是誰嗎？不，他大概早就看準我會拒絕，所以才故意問我。

事到如今，神明又出現在我面前。

我似乎懂了，為什麼是現在。鈴木絕不是親切好心的神明，既然如此，答案只有一個：殺死川合的人就是市部。

冷不防，至今所有纏成亂麻的線彙集成一根繩。

市部老是對我說：「別靠近鈴木。別聽他胡說八道。」聽得我耳朵都要長繭了。

難不成比土知道是市部殺了川合，逼市部跟她交往。如果是這樣的話，市部也無法拒絕，因為不能惹她不高興。

市部殺死川合，是因為川合逼我跟他交往。市部大概在鎮守神社的森林看到川合強迫我跟他交往的過程。盛田神社類似大家的祕密基地，我記得他說過當他成立偵探團的時候就從祕密基地畢業了。

既然如此……也是他讓比土自殺。

如果市部偷聽到我和比土在兒童會室的對話——這麼說來，我在摺見瀑布因為心煩意亂，不小心說出比土殺死小夜子時，他的態度也很冷靜。他明明應該是第一次聽聞此事，如果他什麼都知道——大概會毫不猶豫地殺死比土，就像殺死川合時那樣。市部是真心愛我。此時此刻，我能篤定做出這個判斷。而且市部很聰明，想必能巧妙地故布疑陣，讓他們看起來像死於意外或自殺吧。他一定可以。不過光是這樣還不夠。

萬一我問鈴木殺死比土的兇手是誰，一切就到此為止。神明大概會告訴我：「兇手是市部始喔。」而我相信鈴木說的話，當然會跟市部保持距離。全知全能的鈴木應該是市部最害怕的人。

因此市部不能殺死比土，必須讓比土自殺。

那天傍晚，老奶奶看到的身影是比土與市部。對象是市部的話，比土應該會欣然與他一起去摺見澤布。

市部責怪比土，說自己什麼都知道了，比土為此方寸大亂，或許還惱羞成怒說要把一切告訴我。但誰先愛上誰就輸了，比土也不例外。市部利用這一點，提議要與她殉情。

光線一束一束地灑落在我面前。

我不經意想起丸山說過的話。那個水潭很深，旁邊則是比較淺的岩石區。

假如提議殉情的市部先跳下去。假如他很熟悉摺見瀑布，知道往哪裡跳不會撞到岩石。但是看到心愛的市部跳下去，失去冷靜，跟著跳下去的比土並不曉得這件事。

然後神明將這一切視為比土自殺。倘若神明沒有告訴我比土是自殺，或許我多少會懷疑市部。

想當然耳，如果神明願意說明細節，市部的詭計就會曝光，但他大概是根據過去的案例，認為鈴木不會說得那麼詳細。而鈴木也正中市部的下懷，只告訴我斷章取義的部分。

這一切都建立在兩人的默契之下。

仔細想想，比土的時候也是這樣。鈴木只照比土的如意算盤告訴我比土希望我知道的事，不告訴我比土殺害小夜子的手段。

不只比土，市部也察覺到鈴木的喜好，往他應該會樂在其中的方向下了危險的賭注。尤其是市部，大概是算準鈴木還沒告訴我殺死川合的兇手是誰——如果我知道了，一定會表現在臉上——認為有賭一把的價值。

難不成……鈴木轉學後，我陷入那麼悲慘的狀況也有一部分的原因是市部在背後搞鬼，為了讓我全心全意地依賴他……。

不，我想太多了。

我頭暈目眩地在平交道旁蹲下，搖頭晃腦地站起來。不知不覺間，雨傘傾斜，左臂都被雨淋濕了。

管他事實是什麼，我有市部，他現在就是我的一切。

「淳。」

市部剛好從商店街的書店走出來，看到我，使勁地揮著傘。

「始！」

我笑著回應他，衝向他身邊。雨鞋在柏油路面的水窪踩出嘩啦嘩啦的聲響。

今時不同往日，我心裡已經沒有任何空隙可以讓神明趁虛而入了，不好意思啦❤

再見，神明。

麻神回來了！以「後期昆恩問題」拓荒推理文類未知疆域的本格破壞者——讀《再見神明》

文／喬齊安

「正因為這是有可能的，我才會成為『神』。我就是萬事萬物的原因。在我之上什麼都沒有。因為在我存在以前的狀況是不存在的。」

——麻耶雄嵩《神的遊戲》(2005)

若要筆者列一份尚未中譯的本格推理最大遺珠書單，那麼麻耶雄嵩這一本《再見神明》(2014)肯定在榜單上名列前茅。原因很多，本作勇奪2015年「本格推理BEST10」排行榜第一名、第十五屆本格推理大賞首獎、前作《神的遊戲》結局太過震撼以致於更加讓人期待續集……等等，但或許最簡單的一個答案，就是小說作者是那位被部分推理迷封為「麻神」，甚至吸引了一眾自許「麻神教信徒」的鬼才·麻耶雄嵩。

伴隨綾辻行人等年輕勢力的崛起，日本推理界迎來欣欣向榮的新本格時代，即便在泡沫經濟崩壞的社會背景中仍未曾間歇，1991年時有更多出版社加入出書，一年內推出推理小說的新刊近六百部。該年度最特別的現象是包含若竹七海的出道在內，女子新人作家百花齊放，更進一步擴展了平成推理小說的書寫領域與閱讀市場。

在這個時間點，也有一位出身名門：京都大學推理小說研究會的麻耶雄嵩悄悄出道了，獲得島田莊司、學長綾辻等人大力推薦的麻耶，在校內就展現積極的活動能量，擔任社團官方雜誌《蒼鴉城》的總編輯、並發表了出道作《有翼之闇　麥卡托鮎最後的事件》（1991）的故事原形〈MESSIAH〉。社團學弟作家大山誠一郎後來也在採訪中提到，麻耶的創作水平太高，令高年級學生都對其感到畏懼，自己更是完全沒有辦法和其相提並論。

從《有翼之闇》推出驚世駭俗，只有幾十億分之一成功機率，讓讀者大罵「神經病」的其中一次密室解答開始，麻耶出道以來特立獨行、作品內涵爭議破格，總被評價為「本格推理的極北」。雖然討論度不少，但始終未能站上舞台的鎂光燈下。這種略顯邊緣的情況，直到「後期昆恩問題」浮上檯面，成為業界爭相討論的主題後，也為他帶來職涯的巨大轉機。

「後期昆恩問題」最先由法月綸太郎在 1995 年研究昆恩作品中所發現，而這個名詞隨後由笠井潔所創立，並在 1998 年出版的《探偵小說論II　虛空の螺旋》中將「後期昆恩問題」設定為其中一章的專門研究章節，也就此確立了這個往後二十年不斷被日本推理思辨、爭論的類型。法月便認為，從今以後寫推理小說，一定要正面迎戰這個問題。

什麼是「後期昆恩問題」呢？**主要是艾勒里．昆恩晚期作品會出現的兩種疑問：1．無法在作品中證明偵探提出的解答是真正的解答；2．名偵探在古典作品中具備神一般的地位，卻沒有神的能力，是否對作品中其他角色命運造成影響。**這是昆恩在年輕時盡情以完美邏輯揮灑國名系列到極限後，所挖掘出推理小說中理應存在的悖論。而昆恩後期的代表作品《十日驚奇》（1948），便對麻耶的創作觀帶來深厚影響。

《有翼之闇》本身就是一趟檢視初期昆恩到晚期昆恩風格變遷的編年史，從一一剝除木更津悠也、麥卡托兩位囂張名偵探的「神格」（末期的昆恩從狂妄轉變成一個沒有特徵、個性的角色），到連環殺人案致敬國名系列的書名（如在屍體上灑上橘子種子意指《中國橘子的秘密》（1934）），以及刻意隱瞞了偵探／讀者關鍵的線索以塑造多達四次的偽解答與再解答——藉由打破「公平性」，顛覆了古典推理的約定俗成，這種「無限階梯」式的循環恰恰正符合了第一個後期昆恩問題的精神。

第一個問題所指出的是，在封閉的小說世界中，偵探並不是神，無法保證得到的線索是正確的，或者證人提供的線索中藏有假訊息。那些偵探在推理中尚未掌握到的情報（也就是後設的證據），當然會把推理的真相引導到錯誤的答案。就算現在又得到了一個情報，你永遠無法確認是否還有未知的重要情報，造就真相無限階梯化。**麻耶於21歲之齡，便已經比整個時代的前輩更快觀察到本格推理的脈絡極限，並投入其研究，可見其思維之超前。**

長年以來業界也有一派作家如有栖川有栖與法月相反，完全否定後期昆恩問題，認為推理小說理應做到對讀者的公平性；也正因麻耶探索問題的手法太過前衛、極端，歷經《夏與冬的奏鳴曲》（1993）到《螢》（2004）的多年試煉後，等到了業界對於此問題的重視，並憑藉集大成作《獨眼少女》（2010）榮獲日本推理作家協會獎與第十一屆本格推理大獎首獎，已經是他出道20年後的事了。獲獎的意義也確立兩派的爭論塵埃落定，麻耶這位寂寞的先驅取得主流的肯定。

出版時間相隔九年的《神的遊戲》與《再見神明》，同樣可視為麻耶玩心大開，進一步挑戰後期昆恩問題的後設傑作。麻耶指出無法判斷線索是真是假的世界裡，名偵探＝神的地位隨時可能翻轉，造成無限階梯。那麼解決方案就是製造出一個絕對的神＝偵探的角色。真正的「神」不會像麥卡托這類偽神被假線索欺騙，沒有比「祂」更高階的兇手，**麻耶在時下流行的「特殊設定系推理」尚未開始播種生根的時間點，便率先想到以「神說的真相是絕對正確的」此特殊設定來搶先否定掉後期昆恩第一問題的變因**——案件看似公平了，再從中以高明的惡趣味玩弄著角色與讀者。

雖然年代不同，但兩部「神明系列」的基礎設定都圍繞在小學生偵探團遭遇殺貓或殺人的犯罪事件，藉由自稱為神的鈴木同學所告知的「神諭」，《神的遊戲》主角芳雄、《再見神明》主角桑町得到犯人身分為誰的解答，再進一步針對答案進行調查行動的「驗證」。知名評論家諸岡卓真指出，這種設計其實繼承了 1990 年代後期以來在推理界與 ACG 中很流行的「超能力者 × 偵探」合作模式。在本系列中，負責推理的主角、和保證推理正確性的搭檔（鈴木）分工明確。但麻耶筆下最奇特的地方在於，鈴木直接給出了「兇手名字」如此重大的提示，在這之前「超能力者 × 偵探」的約定俗成是超能力要有所限制，不得給出決定性的情報，而鈴木卻輕易地打破了潛規則——類似的作法，也出現在日後的相澤沙呼五冠王大作《medium 靈媒偵探城塚翡翠》（2019）。

以六個短篇所組成的《再見神明》，最極端地在每一個故事開頭第一行，就直接告訴你：「兇手是上林護。」、「兇手是丸山聖子。」……這種聞所未聞，作者帶頭「爆雷」的寫法，注定了「麻神」筆下推理小說的不平凡，更是對於過去熱衷「猜中兇手是誰、偷看劇透」卻不那麼在乎解謎過程的這一派讀者之嘲諷。但本系列會因此喪失推理樂趣嗎？一點也不，知曉犯人是誰，僅僅是麻耶魔術的起手式。捨棄了多餘的元素，讀者得以專注地挑戰一件件看似不可能犯罪的「How」，反而帶來更多解謎的刺激與驚奇，由正確的神諭引導到離譜的結論之過程，徹底翻轉了推理小說的SOP。

讀著讀著，我們會發現鈴木給予的真相是絕對的，卻也是不全的、暗藏陷阱的真相——麻耶本人強調，古典推理的基礎是「名偵探不會犯錯」，但名偵探必須展現很有說服力的推理揪出罪犯，才能被讀者／配角認可是個名偵探。如果名偵探是個正確的象徵，那為什麼不直接安排他就是「神」？神就是神，祂不需要對你我作出任何解釋。這個名偵探大膽得直接省略掉所有推理，只給出似是而非的答案，**也正是藉由主角對「神諭」的質疑進行調查、作者藉由「神」巧妙隱瞞部分細節的神諭所變出的逆轉把戲，其中微妙的平衡支撐住了小說的遊戲性，也讓麻耶令業界震撼地，開創了後期昆恩問題研究的全新可能性。**

麻耶所設計的鈴木奠基於自然神論，祂是全知全能的創世主，但不會去干涉與改變自己創造的世界，只是一個旁觀者，人類不信神諭祂也毫不在乎。這個用心細膩的設定在《再見神明》轉化為驚人的伏筆：包含結局與神明揮手再見，決定把神諭丟一邊去的桑町在內，除了第一篇和第四篇故事，鈴木開頭點明的真兇卻從未被逮捕、沒有辦法證實其罪行……**筆者認為這代表了麻耶對於本格推理進行了「雙重否定」的意義，一是人類會隨著自己的高興或方便，任意地放棄與無視真相，鈴木說的話可不**

可信、「真相是什麼根本就不重要」。二正是再度「打臉」了後期昆恩問題的解法，又一次肯定了這項無限「悖論」。

評論家波多野健說明，在後期昆恩問題的討論中，有人曾指出只要導入上帝視角，就能解決「偵探不知道的後設證據」之癥結，**然而麻耶雄嵩的表現更勝一籌！那就是雖然神給了答案，但在「做案方法」，「案件背景」有所保留下，讀者＝主角仍然一次又一次地吃鱉中計**，根本沒辦法抵達真相的彼岸，依然無從證明偵探的推理是否正確，只要作者的刻意留白便「動搖」了對神＝名偵探的確信。

至於《再見神明》最出神入化的演出莫過於後三篇串聯在一起的作品，彷彿一招比一招高明地重拳連擊。〈從前從前的情人節〉神僅是未透露一個全世界只有祂知道的事實，就對最後結局造成翻天覆地的衝擊；〈與比土對決〉及〈再見，神明〉則正面證實了後期昆恩第二個問題：第二問題的關鍵為名偵探自身就是引發案件的原罪（例如兇手犯案是為了嘲笑或挑戰偵探，麻耶在別的作品也用過），**或者犯人以棋高一著的「預料偵探言論為前提計劃詭計」來凌駕、甚至操縱偵探。**

沒錯，在這兩篇作品我們也清楚看見了兩位犯人是如何「利用神諭」來完成無懈可擊的犯罪——他們從前面的事件中分析出神的行為、喜好，將「神」融入詭計的一環是多麼膽大妄為。而〈與比土對決〉裡的兇手，又是如何被必定發生的「神論」觸發那邪惡的行兇動機。**也就是說至高的「神」終究可視為因應小說需求的「工具人」，無論名偵探再怎麼具備神性都有其弱點，推理邏輯的破口始終存在。**呼應回麻耶筆下名探木更津語重心長的名言：「推理啊……所謂的推理，不過是對直觀的信仰。端視相當於教祖的偵探能得到多少的信徒。」

這就是本格破壞者．反推理大師麻耶雄嵩。熱愛古典推理，卻擁有一個叛逆靈魂的麻神是一位拓荒者，總以最嫻熟的技巧演繹混亂的後期昆恩問題，並持續地以獨樹一格的崩壞式結局否定推理小說的本質，默默地為這個歷史悠久、圈粉無數的文類開拓更偉大的未知疆域。

作者簡介／喬齊安（Heero）

台灣犯罪作家聯會成員，百萬書評部落客，日韓劇、電影與足球專欄作家。本業為製作超過百本本土推理、奇幻、愛情等類型小說的出版業編輯，成功售出相關電影、電視劇、遊戲之 IP 版權。並擔任 KadoKado 百萬小說創作大賞、島田莊司獎、林佛兒獎、完美犯罪讀這本等文學評審，興趣是文化內涵、社會議題的深度觀察。

OFILE

耶雄嵩 Yutaka Maya

69 年出生於三重縣，京都大學工學部畢業，就學時隸屬於推理小說研究社，1991 年
是學生時，在島田莊司、綾辻行人、法月綸太郎等人的推薦下，以《有翼之闇　麥卡托
最後的事件》一書正式出道。2011 年以《獨眼少女》榮獲第64 屆推理作家協會賞以
連作短篇部門、第11 屆本格推理大賞雙料冠軍。2015 年以《再見神明》榮獲第15 屆
格推理大賞，2017 年《貴族偵探》及《貴族偵探對女偵探》（暫譯）電視劇於富士電
台聯播網「月九」播出，為新作品每年都會佔據各大排行榜首位的暢銷作家。另著有
神的遊戲》、《夏與冬的奏鳴曲》等作品。

LE

見神明

AFF

版	瑞昇文化事業股份有限公司
者	麻耶雄嵩
者	緋華璃
辦人 / 董事長	駱東墻
O / 行銷	陳冠偉
編輯	郭湘齡
任編輯	張聿雯
字編輯	徐承義
術編輯	謝彥如
際版權	駱念德　張聿雯
面設計	朱哲宏
版	朱哲宏
版	明宏彩色照相製版有限公司
刷	桂林彩色印刷股份有限公司
律顧問	立勤國際法律事務所　黃沛聲律師
名	瑞昇文化事業股份有限公司
撥帳號	19598343
址	新北市中和區景平路464巷2弄1-4號
話	(02)2945-3191
真	(02)2945-3190
址	www.rising-books.com.tw
ail	deepblue@rising-books.com.tw
版日期	2023年8月
價	399元

國家圖書館出版品預行編目資料

再見神明/麻耶雄嵩作；緋華璃譯. -- 初版.
-- 新北市：瑞昇文化事業股份有限公司,
2023.08
336面；14.8x21公分
譯自：さよなら神様
ISBN 978-986-401-648-8(平裝)

861.57　　112010990

讀小說
Reading Novel